中国诗词大会

ZHONGGUO SHICI DAHUI

第四季（上册）
DISIJI　SHANGCE

《中国诗词大会》栏目组 编著

北京联合出版公司
Beijing United Publishing Co.,Ltd.

CCTV
中国中央电视台

《中国诗词大会》官方报名通道

掀开你的红盖头

今年，作为宣传中国传统文化的现象级节目——《中国诗词大会》迎来了第四季的大考。当然，《中国诗词大会》第四季在春节档顺利通过大考，值得祝贺。绚丽多姿的画面，知性优雅的主持人，风采各异的选手，侃侃而谈的分享嘉宾，令人激动的擂主争霸，百看不厌的飞花令、超级飞花令、诗词接龙……让人欲罢不能。十场连播，更让电视机前的观众享受了一场经典诗词的饕餮盛宴。

如今，《中国诗词大会（第四季）》图书要出版了，上述美妙绝伦的画面、美丽知性的主持人、光彩夺目的选手、谈笑风生的分享嘉宾，一下子全部消失；从一场场视觉盛宴，变成了一张张素朴的纸质书页，所有绚烂和繁华全部归零。很多拿到书的读者，可能已经看过视频了。那我们还能从书中体会惊险的"起死回生"吗？还能感知分享嘉宾和选手密切配合挽狂澜于既倒的惊心动魄吗？在已知惊心夺目的最终结果后，我们为什么还要买书？我们要看什么？

题目和答案，还有主持人的精彩串词，这当然是我们希望重温的。还有嘉宾点评。诗词大会选的篇目，大都是历代传诵的经典诗词。对于经典的解读，是一件非常困难的事情。如果做一般的解读，比较容易；但如果要做深入精准的解读，特别是对名句的解读，还要做出"发前人所未发，道今人所未言"的点评，非常困难。

这需要有多年的阅读积累，需要有独特的悟性，还需要有上场前的精心准备。这不是每位嘉宾都能做得到的，更不是每位嘉宾在面对每一首诗时都能一以贯之地做得到的。嘉宾的点评需要精心准备，如果没有精心准备，甚至只是在现场随性发挥一下，这也许对收视率影响不大，但会大大影响图书的销售。当视频变为文字的时候，一切都要经得起琢磨才行。除了命题人精心准备的命题，主持人教科书级的台词，舞美精心设计的节目现场外，嘉宾更需要足够的时间准备点评的内容。如果嘉宾没有做好功课，在视频播出时，也许观众会一掠而过，很多绚丽的视频画面掩盖了这些平庸的发言；但是，当嘉宾的话语变成图书的文字，一点点不用心都将逃不过读者的眼睛。

因此，《中国诗词大会》图书能否畅销，嘉宾的点评质量很关键。虽然《中国诗词大会》的选手是主角，可是记录大会的视频一旦转换成图书，主角就变了：由选手变成了点评嘉宾；《中国诗词大会》栏目能否长期办下去，关键也是嘉宾的点评质量。

什么样的点评值得大家看呢？我觉得是见解独到、风趣幽默的点评。

什么叫见解独到？

发前人所未发，道今人所未言。具体而言，网上查不到，各种诗词鉴赏词典看不到，各种作家选本找不到，而且得到大家认可的点评才能叫见解独到。

什么叫风趣幽默？

用深入浅出的语言和流行语言，让古老的诗词在当下的语境中活过来。比如"佛系男神"，比如"宝宝心里苦"，比如"确认过眼神，认对了人"……嘉宾一出口，现场百人团的选手就会一片喝彩。能让大家觉得有趣、精彩的点评才能叫风趣幽默。

嘉宾做出见解独到、风趣幽默的点评，读者看书时才会更能领悟诗词的奇妙和趣味。

比如说，《早春呈水部张十八员外》是韩愈的经典之作。这首诗就表达了一句话：盛情邀请张籍先生一同赏春。虽然主题很简单，但是韩愈这首诗写得好啊！这首诗把早春的美景写得让人心动不已，只是一读，眼前便出现了早春最美的画面。诗中的哪一句写春景写得最动人呢？"草色遥看近却无。"稍微有点生活常识的人都会觉得这一句写出了"人人眼中有，个个笔下无"的高妙春景。

从全诗结构来看也是这样。第一句"天街小雨润如酥"为第二句开了个头，做了铺垫，这叫"起"。第二句承第一句，写早春之美在若有若无的草色，这叫"承"。第三、四句"最是一年春好处，绝胜烟柳满皇都"，实为第二句的反衬，写法上是"转"和"合"。

怎么点评这首诗呢？要讲的不是网上随随便便可以查到的文字，真正要讲的是

名句"草色遥看近却无"。这首经典之作的"草色遥看近却无"这一名句,从古至今,无人详解。我在《中国诗词大会》第四季上对此句做了试解:

"草色遥看近却无"一句声震古今,名闻遐尔。这么大的名气,它究竟好在什么地方呢?

好在韩愈告诉张籍:一年之美在于春,一春之美在早春,早春之美在春草,春草之美在草色,草色之美美在细雨霏霏、若有若无之中。这就是"草色遥看近却无"的高明之处,也是此句成名句的根本原因。由于这一句得到了当世、后世无数读者的喜爱,最终成就了这首诗在韩愈诗中的经典地位。

只有这样的点评,才能够让读者领悟这首诗的真正的高明之处在哪里。这也是《中国诗词大会》的困难之处。如果我们想让《中国诗词大会》常办常新,活力永存,就需要点评嘉宾力争场场出新,即使不能首首出新,也要力争有几首出新。外行可能听不出来,内行一听就明白。对经典名句做出精到的点评,就是经典解读,经典阐释。这是点评嘉宾最重要的任务。只有点评嘉宾点评得精准到位,我们的选手表现得非常出色,我们的主持人一如既往地光彩夺目,每一季的节目才会令人向往,让人愿意去看。这样的节目,才是能给人们带来诗词盛宴的节目,才是宣传中国传统文化的最好的课堂。

祝《中国诗词大会》节目常办常新,祝《中国诗词大会》图书大卖热卖,更愿你在《中国诗词大会》图书中能感受到更绵长的诗意。

王立群

己亥夏于北京寓所

目 录

第一场

千门万户曈曈日，总把新桃换旧符 [1]

　　《中国诗词大会》到今年已经是第四个年头了。我们携手走过了一个又一个春夏秋冬，一起看"人面桃花相映红" [2]，一起听"稻花香里说丰年" [3]，一起叹"霜叶红于二月花" [4]，一起盼"风雨送春归，飞雪迎春到" [5]。季节有四季，诗词也有四季，代代相传、生生不息。就让我们在《中国诗词大会》，再一次感受中华文明的璀璨辉煌！让我们一起品诗意人生，看四季风光！

　　我走进今年的演播室，第一感受是这独具匠心的舞台，像一朵巨大的牡丹花，寓意着诗情诗意，能够在今年第四季的舞台上盛放，也寓意着传承五千年的中国古典文化能够在无尽的春色里永远盛放。

　　在过去几个月的时间里，节目组走过了全国十几个城市的十几个分会场，从30万报名选手当中，精挑细选了140名选手，组成了本季的百人团和预备团。他们当中有学生，有工人，有农民，有科技工作者，也有普普通通的清洁工、保安，这也让我们再次感受到，诗词不仅仅属于文人雅客，更扎根在千千万万普通老百姓当中，每一个人都可以拥有自己的诗意生活。

——董卿（《中国诗词大会》主持人）

扫一扫
看专家现场致辞

人生自有诗意，诗意最美在四季。"四"在中国文化当中是个很有魅力的数字，经史子集、四库全书、笔墨纸砚、文房四宝、梅兰竹菊"四君子"，还有琴棋书画"文人四友"。那么，今天献给大家的这首诗，就是刘邦的《大风歌》："大风起兮云飞扬，威加海内兮归故乡。安得猛士兮守四方！"⁶

祝愿我们今天的每一位选手，都能在诗词大会上广交四方友朋，也祝愿我们的诗词大会，能把美好的诗意传播到四面八方。

——康震（北京师范大学文学院教授、博士生导师）

每次诗词大会一开呀，就知道新春又到了。新春一到，水也活了，花也开了，人也笑了，一切都欣欣向荣。所以送大家"阳春布德泽，万物生光辉"⁷。

——蒙曼（中央民族大学历史文化学院教授、北京大学历史学博士）

扫一扫
看专家现场致辞

权威

6 《大风歌》【汉】刘邦
　大风起兮云飞扬，威加海内兮归故乡。安得猛士兮守四方！

7 《长歌行》【汉】佚名

远大的政治抱负
对国事忧虑的复杂心情

　青青园中葵，朝露待日晞。阳春布德泽，万物生光辉。常恐秋节至，焜黄华叶衰。百川东到海，何时复西归？少壮不努力，老大徒伤悲。

诗词之乐何处寻？

个人追逐赛

1号选手

张益铭

三更灯火五更鸡，正是男儿读书时。

劝学

【唐】颜真卿

三更灯火五更鸡，正是男儿读书时。

黑发不知勤学早，白首方悔读书迟。

张益铭： 7岁，能背500首古诗词，还会背长诗《长恨歌》《琵琶行》《木兰辞》《葬花吟》，并在诗词大会现场背诵了《琵琶行》。在"个人追逐赛"环节共答对4道题，得分111分。

1. 请从以下九个字中识别一句五言唐诗。

细	节	鱼
儿	时	知
肥	雨	好

【分值：13】

2. 请从以下十二个字中识别一句七言唐诗。

霜	二	月	红
叶	刀	与	似
花	风	剪	春

【分值：24】

3. 请对上句。

天阶夜色凉如水

卧 看 牵 牛 织 女 星

| 夜 | 街 | 水 | 阶 | 如 |
| 小 | 天 | 凉 | 鱼 | 色 |

【分值：58】

4. 请对上句。

路人借问遥招手

怕 得 鱼 惊 不 应 人

| 摆 | 人 | 行 | 问 | 手 |
| 招 | 路 | 借 | 摇 | 遥 |

【分值：15】

5. 下图是明代画家仇英的《浔阳送别图》（局部），请问下列哪首诗词与此画有关？ （   ）

A 王维《送元二使安西》   B 白居易《琵琶行》   C 高适《别董大》

【分值：16】

6. 毛泽东词句"不似春光，胜似春光"赞美的是什么节日？ （   ）

A 端午节   B 中秋节   C 重阳节

【分值：15】

7. 下列诗句，哪一项是正确的？（   ）

A 云想衣裳花想容，东风拂槛露华浓。

B 云想衣裳花想容，东风拂面露华浓。

C 云想衣裳花想容，春风拂槛露华浓。

【分值：15】

8. "河东狮吼"这个成语，出自下列哪位诗人笔下？ （   ）

A 杜甫

B 苏轼

C 黄庭坚

【分值：15】

计算得分：

选手未答出的题目按15分计算。

君

横扫千军

选手与 12 位百人团选手对抗飞花令,需要 5 秒内说出诗句。

李怡娴

🌸 劝君更尽一杯酒,西出阳关无故人。

吴旭涵

🌸 君自故乡来,应知故乡事。

来丁丁

🌸 劝君莫惜金缕衣,劝君惜取少年时。

张益铭

🌸 君不见黄河之水天上来,奔流到海不复回。

🌸 君不见高堂明镜悲白发,朝如青丝暮成雪。

🌸 × 君问归期未有期,巴山夜雨涨秋池。

问君能有几多愁?恰似一江春水向东流。

莫愁前路无知己,天下谁人不识君。

君住长江头,我住长江尾,日日思君不见君,共饮长江水。

2号选手

渡荆门送别
　　　李白

渡远荆门外，来从楚国游。
山随平野尽，江入大荒流。
月下飞天镜，云生结海楼。
仍怜故乡水，万里送行舟。

旅夜书怀
　　　杜甫

细草微风岸，危樯独夜舟。
星垂平野阔，月涌大江流。
名岂文章著，官应老病休。
飘飘何所似，天地一沙鸥。

大 卫

扫一扫
看选手精彩答题

岐王宅里寻常见，崔九堂前几度闻。
正是江南好风景，落花时节又逢君。

江南逢李龟年

【唐】杜甫

岐王宅里寻常见，崔九堂前几度闻。
正是江南好风景，落花时节又逢君。

大　卫： 俄罗斯人，现在是清华大学研究生。爱好书法，觉得临帖是一辈子的事情。在"个人追逐赛"环节共答对 3 道题，得分 158 分。获得"个人追逐赛"冠军，并进入"擂主争霸赛"环节。

1. 请从以下九个字中识别一句五言唐诗。

随	平	星
山	野	岸
两	阔	潮

次北固山下　【唐】王湾

客路青山外，行舟绿水前。
潮平两岸阔，风正一帆悬。
海上生残夜，江春入旧年。

【分值：52】

2. 请从以下十二个字中识别一句七言唐诗。

远	河	云	上
水	白	曲	之
天	来	黄	九

乡书何处达？归雁洛阳边。

【分值：60】

3. 请对上句。

湖光秋色两相和

潭	面	无	风	镜	未	磨
和	光		两	平		秋
月	相		江	湖		水

【分值：15】

4. 岑参名句"一川碎石大如斗，随风满地石乱走"，描写的可能是以下哪种自然现象？ （A×B

A 泥石流

B 暴风

C 地震

【分值：46】

5. 下列诗句，哪一项是正确的？

（A）×B

A 蜀道难，难于上青天！

B 蜀道之难，难于上青天！

C 蜀道难，难上青天！

【分值：15】

6. 现代人喜欢户外活动，讲究装备合适，以下哪联诗提到的是古人的"专业登山鞋"？ （C）

A 深山寺路千层石，竹杖棕鞋便可登。

B 我来便觉芒鞋好，飞上前山不用扶。

C 脚著谢公屐，身登青云梯。

【分值：15】

7.《敕勒歌》："天似穹庐，笼盖四野"其中"穹庐"指的是？ （C）

A 茅草屋

B 马车篷

C 毡布帐

【分值：15】

8. 以下哪一项诗句是用芙蓉比喻美女？ （B×C

A 清水出芙蓉，天然去雕饰。

B 荷叶罗裙一色裁，芙蓉向脸两边开。

C 芙蓉如面柳如眉，对此如何不泪垂。

荷花

【分值：15】

计算得分：

凡于未答出的题目按 15 分计算

出口成诗

在 150 秒内说出和以下 12 个关键词有关联的诗句。

1. 扬州 ✓	2. 谢公屐 ✓	3. 金樽 ✓	4. 爆竹 ✓
5. 葡萄 ✓	6. 王昭君 ✓	7. 黄鹂 ✓	8. 喜鹊
9. 长江 ✓	10. 笛	11. 梨花 ✓	12. 曹操 ✓

1.

2.

3.

4.

5.

6. 群山万壑赴荆门，生长明妃

7.

8.

9.

10. 谁家玉笛暗飞声，散入春风满

11.

12.

3号选手

杜禹颉

春草明年绿，王孙归不归？

送别

【唐】王维

山中相送罢，日暮掩柴扉。

春草明年绿，王孙归不归？

杜禹颉： 四川航空副驾驶员，爱诗词也爱飞行。在飞机上看到很多乘客在观看《中国诗词大会》，就很希望自己能站到这个舞台上。在"个人追逐赛"环节共答对3道题，得分45分。

1. 请从以下九个字中识别一句五言唐诗。

盘	采	玉
作	偷	莲
云	白	呼

【分值：15】

2. 请从以下九个字中识别一句词。

春	一	枝
赠	与	争
也	不	俏

【分值：9】

3. 请从以下十二个字中识别一句七言唐诗。

落	花	春	君
又	流	水	逢
去	节	面	时

【分值：22】

4. 请对上句。

任	尔	东	西	南	北	风
劲	千	山	坚	万		
击	锤	还	磨	韧		

【分值：15】

5. 请对上句。

百	年	多	病	独	登	台
客	常	万	秋	悲		
坐	少	千	作	里		

【分值：15】

6. 下列哪一选项中"药"的意思与其他两项不同？ （　　）

A 松下问童子，言师采药去。

B 念桥边红药，年年知为谁生。

C 多病所需唯药物，微躯此外更何求？

【分值：14】

7. 以下提到菊花的诗词中，哪个肯定是在重阳节写的？ （　　）

A 待到重阳日，还来就菊花。

B 莫道不销魂，帘卷西风，人比黄花瘦。

C 丛菊两开他日泪，孤舟一系故园心。

【分值：15】

8. 下列哪个选项的诗句不是描写音乐演奏的？ （　　）

A 女娲炼石补天处，石破天惊逗秋雨。

B 别有幽愁暗恨生，此时无声胜有声。

C 敲成玉磬穿林响，忽作玻璃碎地声。

【分值：15】

计算得分：

选手未答出的题目按 15 分计算。

你说我猜

在 180 秒内给出下列题目的答案。

1. "疑是地上霜"的后两句诗是什么？

2. "谁知盘中餐，粒粒皆辛苦"的前两句诗是什么？

3. 陶渊明《饮酒·其五》的第三联诗是什么？

4. 王勃《送杜少府之任蜀州》的颈联是什么？

5. 李峤《风》的后两句诗是什么？

6. "白日依山尽，黄河入海流"的后两句诗是什么？

7. "离离原上草，一岁一枯荣"的后两句诗是什么？

8. 岑参《白雪歌送武判官归京》的第二联诗是什么？

9. "莫听穿林打叶声，何妨吟啸且徐行"出自哪个词牌名？

🌸 1. _____   🌸 2. _____

🌸 3. _____   🌸 4. _____

🌸 5. _____   🌸 6. _____

🌸 7. _____   🌸 8. _____

🌸 9. _____

4号选手

赵 华

此情无计可消除，才下眉头，却上心头。

一剪梅

【宋】李清照

红藕香残玉簟秋。轻解罗裳，独上兰舟。云中谁寄锦书来？
雁字回时，月满西楼。

花自飘零水自流，一种相思，两处闲愁。此情无计可消除，
才下眉头，却上心头。

赵 华：一名猪肉销售员，从早上6点开始备货，直到晚上9点关门，每天要工作十几个小时，一直用中午休息的时间学诗词。在"个人追逐赛"环节共答对2道题，得分48分。

1. 请从以下九个字中识别一句五言汉代诗。

百	生	东
月	海	上
川	到	长

2. 请从以下九个字中识别一句五言唐诗。

切	怯	乡
情	还	魂
断	近	更

【分值：15】　　　　　　　　　　　　　　　【分值：22】

3. 请从以下十二个字中识别一句七言唐诗。

天	关	何	处
日	暮	芳	愁
崖	是	草	乡

【分值：26】

4. 请对上句。

明	月	何	时	照	我	还
又	秋	江	春	起		
岸	风	边	南	绿		

【分值：15】

5. 请对上句。

烈	火	焚	烧	若	等	闲
凿	深	万	还	千		
击	锤	磨	出	山		

【分值：15】

6. 诗句"得病自从杯里后，至今形状怕相逢"描写的是什么器物？（   ）

A 镰刀

B 弓

C 鱼钩

【分值：15】

7. 下列描写梅花的名句中，表达思乡之情的是？（   ）

A 长记曾携手处，千树压西湖寒碧。

B 来日绮窗前，寒梅著花未？

C 江南无所有，聊赠一枝春。

【分值：15】

8. 请从以下九个字中识别一句五言唐诗。

空	林	终
不	见	人
曲	幽	峰

【分值：15】

计算得分：

选手未答出的题目按 15 分计算。

横扫千军

选手与 12 位百人团选手对抗飞花令，需要 5 秒内说出诗句。

李薇西

❀ 离离原上草，一岁一枯荣。

赵 华

❀ 一去二三里，烟村四五家。

李 洋

❀ 一年三百六十日，风刀霜剑严相逼。

❀ 一代天骄，成吉思汗，只识弯弓射大雕。

李雨晗

❀ 一蓑一笠一扁舟，一丈丝纶一寸钩。

❀ 一壶浊酒喜相逢，古今多少事，都付笑谈中。

李冲国

❀ 竹杖芒鞋轻胜马，谁怕？一蓑烟雨任平生。 ✕

个人追逐赛答案、解析与拓展

1 号选手题

1. 答案：好雨知时节

本题考查的诗词为：

春夜喜雨

【唐】杜甫

好雨知时节，当春乃发生。

随风潜入夜，润物细无声。

野径云俱黑，江船火独明。

晓看红湿处，花重锦官城。

干扰项：细雨鱼儿出（【唐】杜甫《水槛遣心》）。

2. 答案：二月春风似剪刀

本题考查的诗词为：

咏柳

【唐】贺知章

碧玉妆成一树高，万条垂下绿丝绦。

不知细叶谁裁出，二月春风似剪刀。

干扰项：霜叶红于二月花（【唐】杜牧《山行》）。

3. 答案：天阶夜色凉如水

本题考查的诗词为：

秋夕

【唐】杜牧

银烛秋光冷画屏，轻罗小扇扑流萤。

天阶夜色凉如水，卧看牵牛织女星。

干扰项：天街小雨润如酥（【唐】韩愈《早春呈水部张十八员外》）。

4. 答案：路人借问遥招手

本题考查的诗词为：

小儿垂钓

【唐】胡令能

蓬头稚子学垂纶，侧坐莓苔草映身。

路人借问遥招手，怕得鱼惊不应人。

干扰项："行人""摆手""摇"。

5. 答案：B

本题考查的诗词为：

琵琶行（节选）

【唐】白居易

浔阳江头夜送客，枫叶荻花秋瑟瑟。

主人下马客在船，举酒欲饮无管弦。

醉不成欢惨将别，别时茫茫江浸月。

忽闻水上琵琶声，主人忘归客不发。

送元二使安西

【唐】王维

渭城朝雨浥轻尘，客舍青青柳色新。

劝君更尽一杯酒，西出阳关无故人。

别董大二首·其一

【唐】高适

千里黄云白日曛，北风吹雁雪纷纷。

莫愁前路无知己，天下谁人不识君。

解析：白居易《琵琶行》开头有"浔阳江头夜送客"，故取名《浔阳送别图》。

6. 答案：C

本题考查的诗词为：

采桑子·重阳

【现代】毛泽东

人生易老天难老，岁岁重阳。今又重阳，战地黄花分外香。

一年一度秋风劲，不似春光。胜似春光，寥廓江天万里霜。

7. 答案：C

本题考查的诗词为：

清平调词三首·其一

【唐】李白

云想衣裳花想容，春风拂槛露华浓。

若非群玉山头见，会向瑶台月下逢。

8. 答案：B

本题考查的诗词为：

寄吴德仁兼简陈季常

【宋】苏轼

东坡先生无一钱，十年家火烧凡铅。
黄金可成河可塞，只有霜鬓无由玄。
龙丘居士亦可怜，谈空说有夜不眠。
忽闻河东狮子吼，拄杖落手心茫然。
谁似濮阳公子贤，饮酒食肉自得仙。
平生寓物不留物，在家学得忘家禅。
门前罢亚十顷田，清溪绕屋花连天。
溪堂醉卧呼不醒，落花如雪春风颠。
我游兰溪访清泉，已办布袜青行缠。
稽山不是无贺老，我自兴尽回酒船。
恨君不识颜平原，恨我不识元鲁山。
铜驼陌上会相见，握手一笑三千年。

2 号选手题

1. 答案：潮平两岸阔

本题考查的诗词为：

次北固山下

【唐】王湾

客路青山下，行舟绿水前。
潮平两岸阔，风正一帆悬。
海日生残夜，江春入旧年。
乡书何处达，归雁洛阳边。

干扰项：山随平野尽（【唐】李白《渡荆门送别》）、星垂平野阔（【唐】杜甫《旅夜书怀》）。

2. 答案：黄河之水天上来

本题考查的诗词为：

将进酒

【唐】李白

君不见黄河之水天上来，奔流到海不复回。
君不见高堂明镜悲白发，朝如青丝暮成雪。人生得意须尽欢，莫使金樽空对月。天生我材必

有用，千金散尽还复来。烹羊宰牛且为乐，会须一饮三百杯。

岑夫子，丹丘生，将进酒，杯莫停。与君歌一曲，请君为我倾耳听。钟鼓馔玉不足贵，但愿长醉不愿醒。古来圣贤皆寂寞，惟有饮者留其名。陈王昔时宴平乐，斗酒十千恣欢谑。主人何为言少钱，径须沽取对君酌。五花马、千金裘，呼儿将出换美酒，与尔同销万古愁。

干扰项：黄河远上白云间（【唐】王之涣《凉州词》）、九曲黄河万里沙（【唐】刘禹锡《浪淘沙》）。

3.答案：湖光秋月两相和

本题考查的诗词为：

望洞庭

【唐】刘禹锡

湖光秋月两相和，潭面无风镜未磨。
遥望洞庭山水翠，白银盘里一青螺。

4.答案：B

本题考查的诗词为：

走马川行奉送出师西征

【唐】岑参

君不见走马川行雪海边，平沙莽莽黄入天。
轮台九月风夜吼，一川碎石大如斗，随风满地石乱走。
匈奴草黄马正肥，金山西见烟尘飞，汉家大将西出师。
将军金甲夜不脱，半夜军行戈相拨，风头如刀面如割。
马毛带雪汗气蒸，五花连钱旋作冰，幕中草檄砚水凝。
虏骑闻之应胆慑，料知短兵不敢接，车师西门仁献捷。

拓展：岑参青年时期与弟兄一起隐居嵩山，写得一手好山水诗，彼时便有"岑参兄弟皆好奇"的评价。壮岁随军远赴西域，异域的风光物色与中原大相径庭，让岑参的眼界大开，好奇心和爱国热忱一同迸发，于是以其矫健的诗笔、洋溢的诗情，记录下一路的风景，记录下大唐盛世的煊赫声威。

5.答案：B

本题考查的诗词为：

蜀道难

【唐】李白

噫吁嚱，危乎高哉！蜀道之难，难于上青天！蚕丛及鱼凫，开国何茫然！尔来四万八千岁，不与秦塞通人烟。西当太白有鸟道，可以横绝峨眉巅。地崩山摧壮士死，然后天梯石栈相钩连。上有六龙回日之高标，下有冲波逆折之回川。黄鹤之飞尚不得过，猿猱欲度愁攀援。青泥何盘盘，百步九折萦岩峦。扪参历井仰胁息，以手抚膺坐长叹。

问君西游何时还，畏途巉岩不可攀。但见悲鸟号古木，雄飞雌从绕林间。又闻子规啼夜月，愁空山。蜀道之难，难于上青天，使人听此凋朱颜！连峰去天不盈尺，枯松倒挂倚绝壁。飞湍瀑流争喧豗，砯崖转石万壑雷。其险也如此，嗟尔远道之人胡为乎来哉！

剑阁峥嵘而崔嵬，一夫当关，万夫莫开。所守或匪亲，化为狼与豺。朝避猛虎，夕避长蛇，磨牙吮血，杀人如麻。锦城虽云乐，不如早还家。蜀道之难，难于上青天，侧身西望长咨嗟！

6.答案：C

本题考查的诗词为：

梦游天姥吟留别

【唐】李白

海客谈瀛洲，烟涛微茫信难求；越人语天姥，云霞明灭或可睹。天姥连天向天横，势拔五岳掩赤城。天台四万八千丈，对此欲倒东南倾。

我欲因之梦吴越，一夜飞度镜湖月。湖月照我影，送我至剡溪。谢公宿处今尚在，渌水荡漾清猿啼。脚著谢公屐，身登青云梯。半壁见海日，空中闻天鸡。千岩万转路不定，迷花倚石忽已暝。熊咆龙吟殷岩泉，栗深林兮惊层巅。云青青兮欲雨，水澹澹兮生烟。列缺霹雳，丘峦崩摧。洞天石扉，訇然中开。青冥浩荡不见底，日月照耀金银台。霓为衣兮风为马，云之君兮纷纷而来下。虎鼓瑟兮鸾回车，仙之人兮列如麻。忽魂悸以魄动，恍惊起而长嗟。惟觉时之枕席，失向来之烟霞。

世间行乐亦如此，古来万事东流水。别君去兮何时还？且放白鹿青崖间，须行即骑访名山。安能摧眉折腰事权贵，使我不得开心颜？

解析：古代的木屐，或有齿，或无齿。东晋山水诗人谢灵运喜欢游山玩水，便发明了登山专用木鞋，鞋底装有两个木齿，上山去掉前齿，下山去掉后齿，便于走山路。后人遂称为谢公屐。A 句提到的是棕鞋，是用棕丝编的鞋；B 句提到的是芒鞋，是用芒茎外皮编织成的鞋，亦泛指草鞋。A 句和 B 句提到的都是"休闲鞋"，并不适宜登山。诗人在诗里提到"休闲鞋"，是取其轻便随意，显示自己散漫自在的态度。

7. 答案：C

本题考查的诗词为：

敕勒歌

【南北朝】佚名

敕勒川，阴山下，天似穹庐，笼盖四野。

天苍苍，野茫茫，风吹草低见牛羊。

8. 答案：C

本题考查的诗词为：

经乱离后天恩流夜郎忆旧游书怀赠江夏韦太守良宰（节选）

【唐】李白

览君荆山作，江鲍堪动色。

清水出芙蓉，天然去雕饰。

采莲曲

【唐】王昌龄

荷叶罗裙一色裁，芙蓉向脸两边开。

乱入池中看不见，闻歌始觉有人来。

长恨歌（节选）

【唐】白居易

归来池苑皆依旧，太液芙蓉未央柳。

芙蓉如面柳如眉，对此如何不泪垂。

解析：芙蓉就是荷花。A 句是形容韦良宰的诗歌，与美女无关。B 句写采莲女身边的荷花，是真芙蓉，不是形容美女。C 句是用芙蓉比喻杨贵妃的脸庞。

出口成诗参考答案：

1. 天下三分明月夜，二分无赖是扬州。

2. 脚著谢公屐，身登青云梯。

3. 人生得意须尽欢，莫使金樽空对月。

4. 爆竹声中一岁除，春风送暖入屠苏。

5. 葡萄美酒夜光杯，欲饮琵琶马上催。

6. 昭君拂玉鞍，上马啼红颊。

7. 两个黄鹂鸣翠柳，一行白鹭上青天。

8. 喜鹊桥成催凤驾。天为欢迟，乞与初凉夜。

9. 孤帆远影碧空尽，唯见长江天际流。

10. 谁家玉笛暗飞声，散入春风满洛城。

11. 梨花淡白柳深青，柳絮飞时花满城。

12. 天下英雄谁敌手，曹刘。

3 号选手题

1. 答案：呼作白玉盘

本题考查的诗词为：

古朗月行（节选）

【唐】李白

小时不识月，呼作白玉盘。

又疑瑶台镜，飞在青云端。

干扰项：偷采白莲回（【唐】白居易《池上》）。

2. 答案：俏也不争春

本题考查的诗词为：

卜算子·咏梅

【现代】毛泽东

风雨送春归，飞雪迎春到。已是悬崖百丈冰，犹有花枝俏。

俏也不争春，只把春来报。待到山花烂漫时，她在丛中笑。

干扰项：聊赠一枝春（【魏】陆凯《赠范晔诗》）。

3. 答案：落花时节又逢君

本题考查的诗词为：

江南逢李龟年

【唐】杜甫

岐王宅里寻常见，崔九堂前几度闻。

正是江南好风景，落花时节又逢君。

干扰项：流水落花春去也（【五代】李煜《浪淘沙》）。

4. 答案：千磨万击还坚劲

本题考查的诗词为：

竹石

【清】郑燮

咬定青山不放松，立根原在破岩中。

千磨万击还坚劲，任尔东西南北风。

干扰项：千锤万凿出深山（【明】于谦《石灰吟》）。

5. 答案：万里悲秋常作客

本题考查的诗词为：

登高

【唐】杜甫

风急天高猿啸哀，渚清沙白鸟飞回。
无边落木萧萧下，不尽长江滚滚来。
万里悲秋常作客，百年多病独登台。
艰难苦恨繁霜鬓，潦倒新停浊酒杯。

6. 答案：B

本题考查的诗词为：

寻隐者不遇

【唐】贾岛

松下问童子，言师采药去。
只在此山中，云深不知处。

扬州慢（节选）

【宋】姜夔

杜郎俊赏，算而今重到须惊。纵豆蔻词工，
青楼梦好，难赋深情。二十四桥仍在，波心荡
冷月无声。念桥边红药，年年知为谁生。

江村

【唐】杜甫

清江一曲抱村流，长夏江村事事幽。
自去自来堂上燕，相亲相近水中鸥。
老妻画纸为棋局，稚子敲针作钓钩。
多病所须唯药物，微躯此外更何求？

解析：A选项和C选项的"药"指药
草。B选项的"红药"是芍药的别称，是一
种花卉。

7. 答案：B

本题考查的诗词为：

过故人庄

【唐】孟浩然

故人具鸡黍，邀我至田家。
绿树村边合，青山郭外斜。
开轩面场圃，把酒话桑麻。
待到重阳日，还来就菊花。

醉花阴

【宋】李清照

薄雾浓云愁永昼，瑞脑销金兽。佳节又重
阳，玉枕纱厨，半夜凉初透。
东篱把酒黄昏后，有暗香盈袖。莫道不销
魂，帘卷西风，人比黄花瘦。

秋兴八首·其一

【唐】杜甫

玉露凋伤枫树林，巫山巫峡气萧森。
江间波浪兼天涌，塞上风云接地阴。
丛菊两开他日泪，孤舟一系故园心。
寒衣处处催刀尺，白帝城高急暮砧。

解析：B句出自李清照《醉花阴》，词
的上阕写明了"佳节又重阳"。

8. 答案：C

本题考查的诗词为：

稚子弄冰

【宋】杨万里

稚子金盆脱晓冰，彩丝穿取当银钲。
敲成玉磬穿林响，忽作玻璃碎地声。

解析：A句出自李贺《李凭箜篌引》，

写乐调之激昂；B句出自白居易《琵琶行》，写音乐演奏的间歇停顿。

你说我猜参考答案：

1. 举头望明月，低头思故乡。
2. 锄禾日当午，汗滴禾下土。
3. 采菊东篱下，悠然见南山。
4. 海内存知己，天涯若比邻。
5. 过江千尺浪，入竹万竿斜。
6. 欲穷千里目，更上一层楼。
7. 野火烧不尽，春风吹又生。
8. 忽如一夜春风来，千树万树梨花开。
9. 《定风波》

4号选手题

1. 答案：百川东到海

本题考查的诗词为：

长歌行

【汉】佚名

青青园中葵，朝露待日晞。
阳春布德泽，万物生光辉。
常恐秋节至，焜黄华叶衰。
百川东到海，何时复西归？
少壮不努力，老大徒伤悲。

干扰项：海上生明月（【唐】张九龄《望月怀远》）。

2. 答案：近乡情更怯

本题考查的诗词为：

渡汉江

【唐】宋之问

岭外音书断，经冬复历春。
近乡情更怯，不敢问来人。

干扰项：还乡须断肠（【唐】韦庄《菩萨蛮》）。

3. 答案：日暮乡关何处是

本题考查的诗词为：

黄鹤楼

【唐】崔颢

昔人已乘黄鹤去，此地空余黄鹤楼。
黄鹤一去不复返，白云千载空悠悠。
晴川历历汉阳树，芳草萋萋鹦鹉洲。
日暮乡关何处是？烟波江上使人愁。

干扰项：天涯何处无芳草（【宋】苏轼《蝶恋花·春景》）。

4. 答案：春风又绿江南岸

本题考查的诗词为：

泊船瓜洲

【宋】王安石

京口瓜洲一水间，钟山只隔数重山。
春风又绿江南岸，明月何时照我还？

5. 答案：千锤万凿出深山

本题考查的诗词为：

石灰吟

【明】于谦

千锤万凿出深山，烈火焚烧若等闲。
粉骨碎身全不怕，要留清白在人间。

干扰项：千磨万击还坚劲（【清】郑燮
《竹石》）。

6.答案：B

本题考查的诗词为：

咏弓

【唐】章孝标

较量武艺论勋庸，曾发将军箭落鸿。
握内从夸弯似月，眼前还怕撒来风。
只知击起穿雕缴，不解容和射鹄功。
得病自从杯里后，至今形状怕相逢。

解析：此二句暗用"杯弓蛇影"典故。

7.答案：B

本题考查的诗词为：

暗香

【宋】姜夔

旧时月色，算几番照我，梅边吹笛？唤
起玉人，不管清寒与攀摘。何逊而今渐老，
都忘却春风词笔。但怪得竹外疏花，香冷入
瑶席。

江国，正寂寂。叹寄与路遥，夜雪初积。
翠尊易泣，红萼无言耿相忆。长记曾携手处，
千树压西湖寒碧。又片片吹尽也，几时见得？

杂诗三首·其二

【唐】王维

君自故乡来，应知故乡事。
来日绮窗前，寒梅著花未？

赠范晔

【魏】陆凯

折花逢驿使，寄与陇头人。
江南无所有，聊赠一枝春。

解析：A、C 两句诗分别写爱情、友
情；B 句表达的是思乡之情。

8.答案：曲终人不见

本题考查的诗词为：

省试湘灵鼓瑟

【唐】钱起

善鼓云和瑟，常闻帝子灵。
冯夷空自舞，楚客不堪听。
苦调凄金石，清音入杳冥。
苍梧来怨慕，白芷动芳馨。
流水传湘浦，悲风过洞庭。
曲终人不见，江上数峰青。

23

攻擂资格争夺赛

　　VS　　

扫一扫
看选手精彩答题

肖异瑶：　　　　　　　　　　邓雅文：

 飞花令　　　红

肖异瑶

❀ 千里莺啼绿映红，水村山郭酒旗风。

❀ 停车坐爱枫林晚，霜叶红于二月花。

❀ 知否，知否，应是绿肥红瘦。

❀ 绿杨烟外晓寒轻，红杏枝头春意闹。

❀ 接天莲叶无穷碧，映日荷花别样红。

❀ 去年今日此门中，人面桃花相映红。

❀ 绿蚁新醅酒，红泥小火炉。

❀ ✕

邓雅文

❀ 等闲识得东风面，万紫千红总是春。

❀ 春色满园关不住，一枝红杏出墙来。

❀ 纷纷暮雪下辕门，风掣红旗冻不翻。

❀ 须晴日，看红装素裹，分外妖娆。

❀ 晓看红湿处，花重锦官城。

❀ 看万山红遍，层林尽染。

❀ 草树知春不久归，百般红紫斗芳菲。

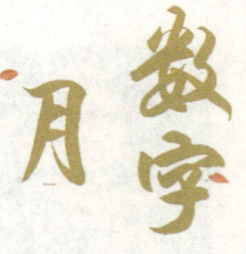

请说出含有"月"字和数字的诗句。

邓雅文	肖异瑶
🌸不知细叶谁裁出,二月春风似剪刀。	🌸停车坐爱枫林晚,霜叶红于二月花。
🌸解落三秋叶,能开二月花。	🌸毕竟西湖六月中,风光不与四时同。
🌸故人西辞黄鹤楼,烟花三月下扬州。	🌸待到秋来九月八,我花开后百花杀。
🌸娉娉袅袅十三余,豆蔻梢头二月初。	🌸举杯邀明月,对影成三人。
🌸五月天山雪,无花只有寒。	🌸可怜九月初三夜,露似真珠月似弓。
🌸七月七日长生殿,夜半无人私语时。	🌸八月秋高风怒号,卷我屋上三重茅。
🌸北风卷地百草折,胡天八月即飞雪。	🌸✕

擂主争霸赛

VS

扫一扫
看选手精彩答题

大　卫：俄罗斯人，现在是清华大学研究生。爱好书法，觉得临帖是一辈子的事情。以158分的总得分获得"个人追逐赛"冠军，进入"擂主争霸赛"环节。

邓雅文：13岁，来自河南洛阳，是一名初二学生。她兴趣爱好广泛，会背诗唱歌，还是个配音高手。在"攻擂资格争夺赛"环节，战胜对手肖异瑶，进入第三个环节"擂主争霸赛"。

1. 图片线索题，请根据康老师的绘画说出一联七言唐诗。

山

2. 图片线索题，请根据康老师的绘画说出两句古诗。

东

3. 图片线索题，请根据康老师的绘画说出一联七言唐诗。

将

4. 描述线索题，请根据以下线索说出一个节气名。　　　　（　　　）

(1) 元稹说这个节气"万物含新意"。

(2) 罗隐说这个节气"万物生涯是今日"。

(3) 杨万里说这个节气"东风已动万花知"。

(4) "春到人间草木知"是描写这个节气的名句。

5. 描述线索题，请根据以下线索说出一种花卉。　　　　（　　　）

(1) 常被用来形容美丽的女性。

(2) 常被用来描绘江南的春天。

(3) 王安石赞美它"纵被春风吹作雪，绝胜南陌碾成尘"。

(4) 叶绍翁用它形容关不住的满园春色。

6. 描述线索题，请根据以下线索说出一种动物。　　　　（　　　）

(1) 它在辋川庄的树林中，见过王维的身影。

(2) 它在蜀相祠堂里，听过杜甫的吟哦。

(3) 它在滁州幽涧边，为韦应物歌唱过。

(4) 它在杜甫窗外的翠柳上鸣叫。

7. 描述线索题，请根据以下线索说出一句唐诗。

(1) 作者是李白。

(2) 诗句中提到了长江边一个名胜古迹。

(3) 这座建筑的名字里有个表示颜色的字。

(4) 这句诗的下句是"千里江陵一日还"。

8. 描述线索题，请根据以下线索说出一个城市名。　　　　（　　　）

(1) 地险悠悠天险长　　　　(2) 吴姬压酒唤客尝

(3) 无情最是台城柳　　　　(4) 百万雄师过大江

擂主争霸赛答案

1. 远上寒山石径斜，白云生处有人家。
2. 东临碣石，以观沧海。
3. 但使龙城飞将在，不教胡马度阴山。
4. 立春

5. 杏花
6. 黄鹂
7. 朝辞白帝彩云间
8. 南京

自 我 评 价

个人追逐赛	1		攻擂资格争夺赛	飞花令		擂主争霸赛	答对	
	2							
	3			超级飞花令			道题	
	4							

一语天然万古新 · 嘉宾点评

春夜喜雨

【唐】杜甫

好雨知时节，当春乃发生。
随风潜入夜，润物细无声。
野径云俱黑，江船火独明。
晓看红湿处，花重锦官城。

下雨看人品

下雨其实也能看出人品来。杜甫人品确实好，为什么呢？因为杜甫是人民诗人，是"诗圣"，他境界很高。"好雨知时节，当春乃发生。"一想到这个雨能够滋润万物，他就觉得很开心。其实除了杜甫，还有一个人也会为下雨而感到开心，清朝有一个孔家子弟叫孔宪彝，他写过"不雨悯农夫，既雨愁客子。不惜行路难，为汝老农喜"。什么意思呢？孔宪彝本身并不喜欢下雨，因为他是一个旅客，一下雨就没法走路，但农民是喜欢下雨的呀，所以他宁可自己不方便一点，也希望这个雨持续下下去。所以说雨品里头也看人品。

（蒙曼）

扫一扫
听专家现场讲解

杜甫这个"喜雨"用得特别好。因为一般来讲，写到"雨"的时候，都是暴雨、大雨、急雨、苦雨、愁雨，对

雨洗山根图轴　纸本
【清】髡残

不对？这个"喜雨"它也是有传统的，我突然想到苏轼在陕西凤翔做官的时候，连下了三天雨，都是在这初春时节。因为"春雨贵如油"，正是禾苗成长的时候，这个雨对老百姓有好处。苏轼特别说，天上下珍珠，也不能穿啊；天上下美玉，也不能吃呐；但是天上下了雨，地上的禾苗就能茁壮成长。所以凡是"喜雨"就是有利于人民的雨，有利于老百姓的好雨。（康震）

咏柳

【唐】贺知章

碧玉妆成一树高，万条垂下绿丝绦。

不知细叶谁裁出，二月春风似剪刀。

诗词里的童心

贺知章的确是有一颗童心，他就是一个老小孩儿，从他的很多表现都能看出这一点。比如这首诗前面两句，人们都说用了很多典故，其实这都不重要，最要命的是"不知细叶谁裁出"，"二月春风"像小剪刀，嘎吱嘎吱嘎吱地给那叶子剪得一片一片的。一个老头，或者说一个上了岁数的人，一般是不会这么想问题的。贺知章会这么想，说明他的思维里头，有着非常童真的一面。贺知章一喝醉就喜欢写字，谁跟他要字他就给谁。朋友们评价说只要跟贺知章在一起，就会感到非常快乐，几天见不着他，就特别想念，也就是说他比

家人都招你思念，家人可以不见，贺知章不能不见。而且你看贺知章一见李白就把他赞为"谪仙人"。

贺知章认为李白是从天上下来的神仙，所以贺知章去世以后，李白才会对他那么怀念，老是念叨他。李白这个人多狂啊，能有几个人老在他的心里头转来转去？但贺知章就是一个。所以我觉得诗人，甭管他多大年纪，他的赤子之心永远都在，而唐诗里边因为有了贺知章，平添了一抹让我们感到无限童真、无限欢乐的晴朗之色，我觉得这特别棒。（康震）

诗人永远有孩子的天性。而且这"春风"啊，和杜甫的"春雨"一样，都是特别招人喜爱的。写春风的

捉柳花图　绢本
【明】仇英

诗也有很多，比如"春风又绿江南岸""春风十里扬州路"，而贺知章把春风比喻成小剪刀，就和"好雨知时节"一样，有了一种很俏皮的感觉，很形象，很有生命力，让我们感受到春天来了。

（董卿）

采桑子·重阳
【现代】毛泽东

人生易老天难老，岁岁重阳。今又重阳，战地黄花分外香。

一年一度秋风劲，不似春光。胜似春光，寥廓江天万里霜。

"黄花"中的革命豪情

重阳节是中国非常重要的一个节日，人们在重阳节这一天会登高、饮菊花酒、赏菊花。但是一般来讲，传统的文人说起重阳节总是不免有些许悲秋之感。比方说"人比黄花瘦"，黄花够瘦了，我比黄花还瘦几分，这就很悲切。但是这个很瘦的黄花，到了毛泽东的笔下，它不但不瘦，而且很壮，为什么呢？"人生易老天难老，岁岁重阳。今又重阳。"这次的重阳跟以往不一样在哪儿呢？战地的黄花分外香，这个黄花香，不是因为这花本身开得多苍壮，而是因为花傍着战场开。所以我们说毛泽东的这首词好在哪儿呢？战争本来是残酷的，让人感到悲伤的，但是毛泽东有

革命乐观主义的情怀，他这一仗是要打反动派的，所以战争虽然残酷，但是在面对战争的时候，他的心态是积极的。在他看来，这黄花是香，而且比往年重阳开得更香，因为它是在战场边上开的。黄花对毛泽东来讲是助兴的，这个感觉跟传统题材完全不一样。这首词的意境还是很美的，让我们通过这首词，既能感觉到革命豪情，同时又有艺术的享受。（康震）

扫一扫
听专家现场讲解

将进酒
【唐】李白

君不见黄河之水天上来，奔流到海不复回。君不见高堂明镜悲白发，朝如青丝暮成雪。人生得意须尽欢，莫使金樽空对月。天生我材必有用，千金散尽还复来。烹羊宰牛且为乐，会须一饮三百杯。

岑夫子，丹丘生，将进酒，杯莫停。与君歌一曲，请君为我倾耳听。钟鼓馔玉不足贵，但愿长醉不愿醒。古来圣贤皆寂寞，惟有饮者留其名。陈王昔时宴平乐，斗酒十千恣欢谑。主人何为言少钱，径须沽取对君酌。五花马、千金裘，呼儿将出换美酒，与尔同销万古愁。

千古"酒仙"

《将进酒》其实是汉乐府当中的曲

蕉林酌酒图（局部）　绢本
【明】陈洪绶

调，是劝酒歌。这首诗我们以前往往把焦点集中在"黄河之水天上来"这一方面，但它里头其实有两个人很关键：岑夫子、丹丘生。岑勋和元丹丘，这两个人是李白多年的好朋友，尤其是元丹丘。元丹丘是一个非常资深的道士，在李白眼中，元丹丘是一个不会死的仙人，李白给杜甫才写过多少首诗？满打满算四首，但他给元丹丘写过多少首？写过十四首，这你就能看出他们的关系非同寻常。这首诗，是他们哥儿仨在一块喝酒时写的，是用来劝酒的。同时李白还写了另外一首诗，里头有这么几句话，"开颜酌美酒，乐极忽成醉"，我大笑着喝酒，喝着喝着就喝高了。"相知两相得，一顾轻千金"，我喝得最舒服的时候说，千金算什么，朋友最珍贵。所以"千金散尽还复来"里边的另外一层意思是我们哥们儿交情深，在金钱的面前，这个交情是更宝贵的。李白喝酒太有气势了，咱们前面说《月下独酌》，"花间一壶酒，独酌无相亲"，还有他另外一首"天若不爱酒，酒星不在天。地若不爱酒，地应无酒泉。天地既爱酒，爱酒不愧天。三杯通大道，一斗合自然"。就是说李白这人酒量怎么样，咱都不知道，可是他写出来的这个喝酒的气势，就是让人觉得他是千古酒仙。（康震）

走马川行奉送出师西征

【唐】岑参

君不见走马川行雪海边，平沙莽莽黄入天。

轮台九月风夜吼，一川碎石大如斗，随风满地石乱走。

匈奴草黄马正肥，金山西见烟尘飞，汉家大将西出师。

将军金甲夜不脱，半夜军行戈相拨，风头如刀面如割。

马毛带雪汗气蒸，五花连钱旋作冰，幕中草檄砚水凝。

虏骑闻之应胆慑，料知短兵不敢接，车师西门伫献捷。

令人向往的边塞生活

岑参这个人不得了，他写的边塞诗都能诱导你去边塞。比如"轮台九月风夜吼，一川碎石大如斗，随风满地石乱走"，这是什么感觉？特别奇特，对不对？像他这样生长在中原的人，他觉得这种景象非常奇妙，他觉得战争并不是那么血腥、残酷。包括"忽如一夜春风来，千树万树梨花开"，那么大的雪已经是很恐怖的暴风雪了，但到他那是千树万树"梨花"开，所以我觉得看岑参的边塞诗会"中毒"，会让你觉得你也要去，你也想去看看这样的场景。

唐朝有两大边塞诗人，一个是岑参，一个是高适。高适和岑参不一样，

高适是社会派，他很严肃，很关心这个战争造成的苦难以及悲剧。比方说"战士军前半死生，美人帐下犹歌舞"。他是充满了批判态度的，所以你要是看到高适的边塞诗，你会觉得战争是很可怕的事情，我们轻易不要有战争。但你要是看到岑参的边塞诗，你就会觉得冲啊，杀呀，我也要过去呀！就是那样的一种感觉。所以我觉得盛唐的边塞诗好在哪里呢？就是大家互相在补充，有悲壮的情绪，也有奇丽的情绪，然后我们才能看到大唐文化层次的丰富性。

（蒙曼）

扫一扫
听专家现场讲解

这首诗还有一个特点。岑参擅长写细节，他这里有几处细节，半夜行军的时候，刀枪剑戟、斧钺钩叉发出"叮叮当当"的声音，他为什么要突出这个细节？因为如果悄悄地前进，让敌人发现了有可能会认为这是一次偷袭行动。"马毛带雪汗气蒸"，马跑得太急，身上冒汗，冒汗为什么是"汗气蒸"呢？因为天冷，所以身上一股一股地冒起水蒸气，然后身上还会结冰。所以能感觉这个气氛非常真实，不是亲身经历根本写不出来，岑参这是在写生活。我觉得能把苦寒的边塞生活，写得这么让人向往，岑参真是不得了的天才。（康震）

蜀道难
【唐】李白

噫吁嚱，危乎高哉！蜀道之难，难于上青天！蚕丛及鱼凫，开国何茫然！尔来四万八千岁，不与秦塞通人烟。西当太白有鸟道，可以横绝峨眉巅。地崩山摧壮士死，然后天梯石栈相钩连。上有六龙回日之高标，下有冲波逆折之回川。黄鹤之飞尚不得过，猿猱欲度愁攀援。青泥何盘盘，百步九折萦岩峦。扪参历井仰胁息，以手抚膺坐长叹。

问君西游何时还，畏途巉岩不可攀。但见悲鸟号古木，雄飞雌从绕林间。又闻子规啼夜月，愁空山。蜀道之难，难于上青天，使人听此凋朱颜。连峰去天不盈尺，枯松倒挂倚绝壁。飞湍瀑流争喧豗，砯崖转石万壑雷。其险也如此，嗟尔远道之人胡为乎来哉！

剑阁峥嵘而崔嵬，一夫当关，万夫莫开。所守或匪亲，化为狼与豺。朝避猛虎，夕避长蛇，磨牙吮血，杀人如麻。锦城虽云乐，不如早还家。蜀道之难，难于上青天，侧身西望长咨嗟！

唐诗里的
"之" "乎" "者" "也"

"蜀道之难，难于上青天"为什么加

"之"和"于"呢？其实是为了让诗更舒缓。唐诗是很忌讳"之""乎""者""也"的，认为这是属于文章的做法、散文的做法，但李白能把这些东西给放到诗里头，然后还能形成那种非常舒缓的、宏大的意境。所以唐诗有时候，不是说它这首诗解释得通不通的问题，而是更在意情绪能不能到位、语感能不能漂亮。

（蒙曼）

梅花图（局部）　绢本
【宋】马麟

卜算子·咏梅
【现代】毛泽东

风雨送春归，飞雪迎春到。已是悬崖百丈冰，犹有花枝俏。

俏也不争春，只把春来报。待到山花烂漫时，她在丛中笑。

"残梅"与"健梅"

我们知道这是毛泽东在20世纪60年代写的一首词。它是仿陆游的《咏梅》，然后反其意而用之。因为陆游的《咏梅》写的是一种非常失落的心情，是失意的梅花、失落的梅花。"零落成泥碾作尘，只有香如故。""我"虽然倒霉，但"我"也比你们香；"我"虽然处境差，但"我"还是比你们高贵。毛泽东这首词，不一样在哪儿呢？毛泽东认为，梅花愈是艰难，愈是苦寒，才愈是"花枝俏"，所以它是"犹有花枝俏"，而且"俏也不争春"，"我"开

得这么绚烂，不是为了争春的，而是为了报春的。所以这首词所秉持的使命不同，它展示的气象就不一样。毛泽东的词可以说把"咏梅"这个传统的题材和主题做了一个彻底的翻转，使它发生了根本的变化。就是它本来是刻意忧伤的词，本来是残破的梅花的词，在毛泽东的笔下，就完全变成了"健梅"一枝，非常有凌云之志，非常有革命的壮志豪情。因为作者所处的境遇不同，所面对的环境不同，以及他们的用意不同，所以他们表现出来的气象就有很大的不同。（康震）

扫一扫
听专家现场讲解

扬州慢

【宋】姜夔

淮左名都，竹西佳处，解鞍少驻初程。过春风十里，尽荠麦青青。自胡马窥江去后，废池乔木，犹厌言兵。渐黄昏，清角吹寒，都在空城。

杜郎俊赏，算而今重到须惊。纵豆蔻词工，青楼梦好，难赋深情。二十四桥仍在，波心荡冷月无声。念桥边红药，年年知为谁生。

古木业篁图（局部）　纸本
【元】倪瓒

扬州十里繁华的象征

其实现在扬州的市花之一也是芍药。当然，扬州市花还有琼花。宋朝的时候，扬州种芍药是种出了名的，当时叫洛阳牡丹、广陵芍药。所以如果洛阳以牡丹为它的代表花，那芍药就是扬州的代表花。

扬州的芍药当时盛行到什么程度呢？蔡京当年做宰相的时候举办过芍药万花会，就是在扬州搞了上万盆芍药来展览，在古代那是一个不得了的规模。所以"桥边红药"，那不是一般的花，也不是一般的、简简单单用美丽就可以概括的花，它是扬州市十里繁华的象征。（蒙曼）

渡汉江

【唐】宋之问

岭外音书断，经冬复历春。
近乡情更怯，不敢问来人。

"怯"乡之情

宋之问确实很有才华。武则天非常喜欢诗人，非常喜欢文学，所以她对自己手底下这些进士出身的文人都很器重。而且武则天这个人，用我们现在的话说，她也办诗词大会，但她办诗词大会不像我们这样，她是让这些诗人写诗，互相进行比赛，然后获胜的有奖品。武则天当时游历洛阳龙门，就举行了一个类似于赛诗会的大会，让大家都来写诗。她手下有一个左史叫东方虬，这个人写了一首诗，写得很好，武则天一看非常好，就赐他锦袍一件。东方虬穿着锦袍挺嘚瑟，结果过了一会儿，宋之问的这诗写好了，也交上去了，武则天一看，这诗写得更好，就让东方虬把袍子脱下来给宋之问。

从这个小故事就能看出来，在当时，诗歌创作蔚然成风，而且人们以此为骄傲。所以说你看他写的"近乡情更怯，不敢问来人"，他本来是逃回来的，他不是正经回来的，所以他不敢问别人。万一人都知道他跑回来，把他抓起来怎么办，对不对？但这首诗到现在它发生了变化，"怯"的含义发生了变化，宋之问当时怯的是什么，第一担心家里人的情况，第二担心自己被抓起来。现在说"近乡情更怯，不敢问来人"意思是坐着高铁、坐着飞机好长时

间没回家了，大过年的回到家了，不知道父母怎么样了，不知道自己家里的兄弟姐妹怎么样了，包括自己的老同学怎么样了。这个"怯"里边其实带有一种很想知道、很想见到他们的欢喜之情，所以这个时代在变化，"怯"的感情内涵也在发生变化，这就是古诗的魅力。（康震）

扫一扫
听专家现场讲解

为什么从古到今，故乡都是文人很钟爱的一个主题？就是因为故乡很像母体，在孕育我们之后，再以我们的离开来成全我们，所以可能老了之后，我们会越来越牵挂故乡，在离和回、远和近、亲和疏之间，我们慢慢读懂了人生。所以很多人说故乡是什么，故乡是你年轻时候想逃离的地方，是你年老时想回可能已经回不去的地方。（董卿）

江乡渔隐（局部） 绢本
【元】盛子昭

第二场

我见青山多妩媚，料青山见我应如是 [1]

　　曾经"少年不识愁滋味" [2] 的辛弃疾一生历经坎坷，当老了坐在水声山色之间时，突然发现对面的青山是如此妩媚多姿。是啊！无论是巍巍青山壁立千仞，还是浩浩江河源远流长，当有一天，它们遇到了一双诗人的慧眼，便有了悲喜境界，立意恒久。那今天就让我们一起在《中国诗词大会》花开四季的舞台上，再一次跟随诗人的眼睛，重返青山绿水，看江山如此多娇！

——董卿（《中国诗词大会》主持人）

扫一扫
看专家现场致辞

1　《贺新郎》【宋】辛弃疾
　　甚矣吾衰矣。怅平生交游零落，只今余几？白发空垂三千丈，一笑人间万事。问何物能令公喜？我见青山多妩媚，料青山见我应如是。情与貌，略相似。
　　一尊搔首东窗里。想渊明《停云》诗就，此时风味。江左沉酣求名者，岂识浊醪妙理？回首叫云飞风起。不恨古人吾不见，恨古人不见吾狂耳！知我者，二三子。

2　《丑奴儿·书博山道中壁》【宋】辛弃疾
　　少年不识愁滋味，爱上层楼。爱上层楼，为赋新词强说愁。
　　而今识尽愁滋味，欲说还休。欲说还休，却道天凉好个秋！

我想把陶渊明的一首《饮酒》诗献给大家："结庐在人境，而无车马喧。问君何能尔？心远地自偏。采菊东篱下，悠然见南山。山气日夕佳，飞鸟相与还。此中有真意，欲辨已忘言。"[3] 但是我希望我们今天的选手可不要"忘言"，大家要尽情发挥，表现出你们的最高水平。

——王立群（河南大学文学院教授、博士生导师）

刚才董卿老师念了辛弃疾的词，"我见青山多妩媚，料青山见我应如是"。这让我想起宋代的一位著名词人李之仪写的《卜算子》："我住长江头，君住长江尾。日日思君不见君，共饮长江水。"[4] 我觉得中华古典诗词就好像从远古走来的长江大河，令我们无比神往，也让我们非常欢喜。我们能遨游其间，真是此乐何极呀！

——康震（北京师范大学文学院教授、博士生导师）

3　《饮酒二十首·其五》【晋】陶渊明
　　结庐在人境，而无车马喧。问君何能尔？心远地自偏。采菊东篱下，悠然见南山。山气日夕佳，飞鸟相与还。
　　此中有真意，欲辨已忘言。
4　《卜算子》【宋】李之仪
　　我住长江头，君住长江尾。日日思君不见君，共饮长江水。
　　此水几时休？此恨何时已？只愿君心似我心，定不负相思意。

诗词之乐何处寻？

个人追逐赛

1号选手

扫一扫
看选手精彩答题

朱 彤

与君世世为兄弟，更结来生未了因。

狱中寄子由（节选）

【宋】苏轼

是处青山可埋骨，他年夜雨独伤神。

与君世世为兄弟，更结来生未了因。

朱 彤：来自湖北，是上海同济大学生物医学专业的一名研究生。朱彤在《中国诗词大会》第三季的时候就曾报名参加节目，但遗憾的是一直未接到节目组通知。于是，朱彤便拉上自己同样喜欢诗词的双胞胎妹妹朱丹一起参加节目，她觉得这样能参加节目的概率会比较大。在"个人追逐赛"环节共答对4道题，得分188分。获得"个人追逐赛"冠军，并进入"攻擂资格争夺赛"环节。

1. 请从以下九个字中识别一句五言唐诗。

道	话	酒
莫	榆	麻
桑	陌	把

2. 请从以下十二个字中识别一句七言唐诗。

春	李	映	依
风	旧	花	笑
桃	相	一	杯

【分值：42】

【分值：55】

3. 请从以下十二个字中识别一句宋代词句。

潦	新	酒	里
杯	浊	美	万
倒	家	唤	一

【分值: 15】

4. 请对上句。

梨	花	一	枝	春	带	雨
寂	妆	干	容	泪		
玉	阑	梦	红	寞		

【分值: 42】

5. "万方乐奏有于阗"的"于阗"是丝绸之路上的一个古国,这个国家最著名的物产是? ( )

A 黄金

B 美玉

C 骏马

【分值: 15】

6. 中国使用香料已有几千年历史,人们经常点燃香料熏衣染被。下列哪一句诗中的烟雾是点燃香料产生的? ( )

A 博山炉中沉香火,双烟一气凌紫霞。

B 日照香炉生紫烟,遥看瀑布挂前川。

C 沧海月明珠有泪,蓝田日暖玉生烟。

【分值: 15】

7. 这件器物出土于陕西西安的何家村唐代窖藏,请问以下哪一项诗句提到了图中的器物? ( )

A 醉里不辞金爵满,阳关一曲肠千断。

B 宗之潇洒美少年,举觞白眼望青天?

C 金樽清酒斗十千,玉盘珍羞直万钱。

【分值: 15】

8. 成语"出水芙蓉"最早用来形容什么? ( )

A 美女   B 诗歌   C 绘画

【分值: 49】

计算得分:

选手未答出的题目按15分计算。

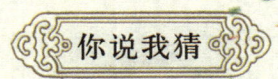

在 180 秒内给出下列题目的答案。

1. "长安回望绣成堆，山顶千门次第开"的后两句诗是什么？

2.《长恨歌》的作者是谁？

3. "不知木兰是女郎"的后两句诗是什么？

4. 南宋最著名的豪放派词人是谁？

5. "千山鸟飞绝，万径人踪灭"的后两句诗是什么？

6. "泉眼无声惜细流，树阴照水爱晴柔"的后两句诗是什么？

7.《使至塞上》的作者是谁？

8.《宿新市徐公店》的是后两句诗是什么？

1.＿＿＿＿＿＿＿＿＿＿＿＿＿＿＿ 2.＿＿＿＿＿＿＿＿＿＿＿＿＿＿＿

3.＿＿＿＿＿＿＿＿＿＿＿＿＿＿＿ 4.＿＿＿＿＿＿＿＿＿＿＿＿＿＿＿

5.＿＿＿＿＿＿＿＿＿＿＿＿＿＿＿ 6.＿＿＿＿＿＿＿＿＿＿＿＿＿＿＿

7.＿＿＿＿＿＿＿＿＿＿＿＿＿＿＿ 8.＿＿＿＿＿＿＿＿＿＿＿＿＿＿＿

2号选手

扫一扫
看选手精彩答题

李厉行

会挽雕弓如满月，西北望，射天狼。

江城子·密州出猎

【宋】苏轼

老夫聊发少年狂。左牵黄，右擎苍。锦帽貂裘，千骑卷平冈。为报倾城随太守，亲射虎，看孙郎。

酒酣胸胆尚开张。鬓微霜，又何妨！持节云中，何日遣冯唐？会挽雕弓如满月，西北望，射天狼。

李厉行：来自北京，是一名六年级学生。李厉行从幼儿园开始就喜欢读书，平时喜欢读一些与历史相关的图书，慢慢地就喜欢上了武侠小说。他和爸爸平常会一起讨论历史上的一些英雄人物，诗词里有很多是描写英雄人物的，所以他就喜欢上了诗词。李厉行觉得，诗词是放松，读书是享受。在"个人追逐赛"环节共答对 2 道题，得分 49 分。

1. 请从以下九个字中识别一句五言唐诗。

今	草	风
吹	看	又
花	生	春

【分值：13】

2. 请从以下十二个字中识别一句七言唐诗。

南	是	年	王
春	师	好	最
望	右	处	一

【分值：36】

43

3. 请对上句。

花	有	清	香	月	有	阴
千	宵	起	金	刻
一	苦	值	春	短

【分值：15】

4. 请对上句。

巴	山	夜	雨	涨	秋	池
期	巴	君	期	归
却	未	话	问	有

【分值：15】

5. 下列诗句，哪一项是正确的？　　　（　）

A 满园春色关不住，一枝红杏出墙来。

B 满园春色遮不住，一枝红杏出墙来。

C 春色满园关不住，一枝红杏出墙来。

【分值：15】

6. 下列写到"雪"的名句中描写冬天的是哪一项？　　　（　）

A 白雪却嫌春色晚，故穿庭树作飞花。

B 窗含西岭千秋雪，门泊东吴万里船。

C 柴门闻犬吠，风雪夜归人。

【分值：15】

7. 9月1号开学时，你走在路上最可能闻到下列哪种花的香气？（　）

A 零落成泥碾作尘，只有香如故。

B 稻花香里说丰年，听取蛙声一片。

C 何须浅碧深红色，自是花中第一流。

【分值：15】

8. 请从以下九个字中识别一句五言唐诗。

萧	马	鸣
凤	嘶	北
萧	胡	班

【分值：15】

计算得分：

选手未答出的题目按15分计算。

横扫千军

选手与 12 位百人团选手对抗飞花令，需要 5 秒内说出诗句。

邱毓丽

🀄秋风萧瑟天气凉，草木摇落露为霜。

程丝语

🀄万里悲秋常作客，百年多病独登台。

李宇泽

🀄秋风清，秋月明，落叶聚还散，寒鸦栖复惊。

尹　鹏

🀄丹阳城南秋海阴，丹阳城北楚云深。

赵丹阳

🀄塞下秋来风景异，衡阳雁去无留意。

池文汇

🀄春江花朝秋月夜，往往取酒还独倾。

朱锐雪

🀄柳下系舟犹未稳，能几日，又中秋。

刘佳艺

🀄何处合成愁，离人心上秋，纵芭蕉，
不雨也飕飕。

李厉行

🀄秋风萧瑟，洪波涌起。

🀄何处秋风至，萧萧送雁群。

🀄春花秋月何时了，往事知多少。

🀄西宫南内多秋草，落叶满阶红不扫。

🀄白狼河北音书断，丹凤城南秋夜长。

🀄楚天千里清秋，水随天去秋无际。

🀄窗含西岭千秋雪，门泊东吴万里船。

🀄×

3 号选手

扫一扫
看选手精彩答题

翁 馨

我本楚狂人，凤歌笑孔丘。

庐山谣寄卢侍御虚舟（节选）

【唐】李白

我本楚狂人，凤歌笑孔丘。

手持绿玉杖，朝别黄鹤楼。

翁 馨：来自福建省福鼎市，是一名初三学生。翁馨在三四岁的时候就喜欢上了诗词，上小学的时候因为语文成绩好被选为语文课代表，老师会让她每天在黑板的右上角抄一首诗词分享给同学，课前五分钟也会带着班上的同学们读诗词。在"个人追逐赛"环节共答对 5 道题，得分 92 分。

1. 请从以下九个字中识别一句五言唐诗。

2. 请从以下十二个字中识别一句七言唐诗。

回	时	云
白	望	坐
起	看	尽

香	生	烟	暖
田	日	青	蓝
照	玉	炉	着

【分值：13】

【分值：51】

3. 请对上句。

云	深	不	知	处
山	寻	去	中	在
君	只	我	此	欲

【分值：5】

4. 请对上句。

雪	上	空	留	马	行	处
转	君	回	望	不		
徊	现	路	见	山		

【分值：15】

5. 下列诗句中，哪一项是正确的？　　　　（　　）

A 山随平野尽，月涌大江流。

B 星垂平野阔，江入大荒流。

C 山随平野尽，江入大荒流。

【分值：14】

6. "君看一叶舟，出没风波里"，请问这"一叶舟"在干什么？　　　（　　）

A 比赛

B 摆渡

C 捕鱼

【分值：9】

7. 请问以下哪句诗词与奉节的夔门有关？　　　（　　）

A 天门中断楚江开，碧水东流至此回。

B 两岸猿声啼不住，轻舟已过万重山。

C 楼船夜雪瓜洲渡，铁马秋风大散关。

【分值：15】

8. 以下哪一项写古代女子照镜子？　　　（　　）

A 可怜楼上月徘徊，应照离人妆镜台。

B 不知明镜里，何处得秋霜。

C 照花前后镜，花面交相映。

【分值：15】

计算得分：

选手未答出的题目按 15 分计算。

出口成诗

在 150 秒内说出和以下 12 个关键词有关联的诗句。

1. 鹳雀楼	2. 长城	3. 谢公屐	4. 玉壶
5. 宝剑	6. 西施	7. 曹操	8. 白鹭
9. 琵琶	10. 杏花	11. 露	12. 清明

1.

2.

3.

4.

5.

6.

7.

8.

9.

10.

11.

12.

4 号选手

仝礼允

十年磨一剑，霜刃未曾试。

剑客

【唐】贾岛

十年磨一剑，霜刃未曾试。

今日把示君，谁有不平事？

仝礼允：来自山东威海荣成，是一名核电站高级操作员，现任临时运行值值长。高级操作员的理论考试题库有 2000 多道题目，得益于从小一直有背诵古诗词的习惯，仝礼允最终还是顺利背下了很多知识，并通过了考试。仝礼允认为，只要拿出时间准备，就一定能取得好成绩。在"个人追逐赛"环节共答对 0 道题，得分 0 分。

1. 请从以下九个字中识别一句五言古诗。

眉	眼	水
一	盈	边
间	外	盈

2. 请从以下九个字中识别一句五言唐诗。

春	夜	空
怨	情	人
静	山	出

【分值：15】　　　　　　　　　　　【分值：15】

3. 请对上句。

青	鸟	殷	勤	为	探	看
路	蓬	无	为	去		
此	又	篷	山	多		

【分值：15】

4. 请对上句。

青	春	作	伴	好	还	乡
日	哥	歌	唱	纵		
需	放	酒	须	白		

【分值：15】

5. 请对上句。

崔	九	堂	前	几	度	闻
见	岐	道	宅	常		
里	只	王	寻	是		

【分值：15】

6. 请从以下九个字中识别一句五言唐诗。

江	月	春
泳	大	荒
流	河	入

【分值：15】

7. 下列诗句中，哪项形容夫妻感情好？
（　　）

A 何时倚虚幌，双照泪痕干。

B 同心一人去，坐觉长安空。

C 何时一尊酒，重与细论文？

【分值：15】

8. 以下哪一项诗句中的"饼"是不能吃的？
（　　）

A 胡麻饼样学京都，面脆油香新出炉。

B 待我西湖借君去，一杯汤饼泼油葱。

C 臣邻近密方宣赐，圆饼均盛小绛囊。

【分值：15】

计算得分：

选手未答出的题目按 15 分计算。

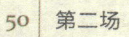

横扫千军

选手与12位百人团选手对抗飞花令，需要5秒内说出诗句。

周浚哲

❀ 小**楼**昨夜又东风，故国不堪回首月明中。

马思涵

❀ **楼**倚霜树外，镜天无一毫。

陈 滢

❀ 伤情处，高**楼**望断，灯火已黄昏。

钟斯婕

❀ 雾失**楼**台，月迷津渡，桃源望断无寻处。

邱毓丽

❀ 昨夜星辰昨夜风，画**楼**西畔桂堂东。

程丝语

❀ **楼**船夜雪瓜洲渡，铁马秋风大散关。

李宇泽

❀ 岂知一夜秦**楼**客，偷看吴王苑内花。

尹 鹏

❀ 躲进小**楼**成一统，管他冬夏与春秋。

赵丹阳

❀ 少年听雨歌**楼**上，红烛昏罗帐。

池文汇

❀ 王濬**楼**船下益州，金陵王气黯然收。

全礼允

❀ 小**楼**一夜听春雨，深巷明朝卖杏花。

❀ 昨夜西风凋碧树，独上高**楼**，望尽天涯路。

❀ 溪云初起日沉阁，山雨欲来风满**楼**。

❀ **楼**阁玲珑五云起，其中绰约多仙子。

❀ 愿将腰下剑，直为斩**楼**兰。

❀ 黄沙百战穿金甲，不破**楼**兰终不还。

❀ 欲穷千里目，更上一层**楼**。

❀ 无言独上西**楼**，月如钩，寂寞梧桐深院，锁清秋。

❀ 明敕星驰封宝剑，辞君一夜取**楼**兰。

❀ ×

个人追逐赛答案、解析与拓展

1号选手题

1. 答案：把酒话桑麻

本题考查的诗词为：

过故人庄

【唐】孟浩然

故人具鸡黍，邀我至田家。

绿树村边合，青山郭外斜。

开轩面场圃，把酒话桑麻。

待到重阳日，还来就菊花。

干扰项：莫道桑榆晚（【唐】刘禹锡《酬乐天咏老见示》）。

2. 答案：桃花依旧笑春风

本题考查的诗词为：

题都城南庄

【唐】崔护

去年今日此门中，人面桃花相映红。

人面不知何处去，桃花依旧笑春风。

干扰项：桃李春风一杯酒（【宋】黄庭坚《寄黄几复》）。

3. 答案：浊酒一杯家万里

本题考查的诗词为：

渔家傲

【宋】范仲淹

塞下秋来风景异，衡阳雁去无留意。四面边声连角起。千嶂里，长烟落日孤城闭。

浊酒一杯家万里，燕然未勒归无计。羌管悠悠霜满地。人不寐，将军白发征夫泪。

干扰项：潦倒新停浊酒杯（【唐】杜甫《登高》）。

4. 答案：玉容寂寞泪阑干

本题考查的诗词为：

长恨歌（节选）

【唐】白居易

风吹仙袂飘飘举，犹似霓裳羽衣舞。

玉容寂寞泪阑干，梨花一枝春带雨。

含情凝睇谢君王，一别音容两渺茫。

昭阳殿里恩爱绝，蓬莱宫中日月长。

干扰项：梦啼妆泪红阑干（【唐】白居易《琵琶行》）。

5. 答案：B

本题考查的诗词为：

浣溪沙·和柳亚子先生

【现代】毛泽东

长夜难明赤县天，百年魔怪舞翩跹，人民五亿不团圆。

一唱雄鸡天下白，万方乐奏有于阗，诗人兴会更无前。

解析：于阗是西域古国，位于塔里木盆地南缘，即今和田，历史上以盛产玉石闻名于世。《汉书》已经记载此地"多玉石"，

《隋书》更明确地说"山多美玉"。而在汉、唐两代，随着西域文化的东传，以龟兹乐、于阗乐为代表的西域音乐（胡乐）传入中原，深受欢迎。汉、唐宫廷都收入了于阗乐作为宫廷乐曲。于阗乐在中国古代音乐史上占有重要而显赫的地位，所以毛泽东用"于阗乐"为典故，描摹了祖国统一、民族团结的空前盛况。

拓展：1950年秋天，在欢庆中华人民共和国成立一周年之际，中央邀请全国各少数民族代表和200多名各民族文工团员参加国庆大典。10月3日晚，毛泽东在中南海怀仁堂接受了各民族代表的献礼，并观看了文工团的联合演出，因步柳亚子《浣溪沙》之韵，作了此词。

6. 答案：A

本题考查的诗词为：

杨叛儿

【唐】李白

君歌杨叛儿，妾劝新丰酒。
何许最关人，乌啼白门柳。
乌啼隐杨花，君醉留妾家。
博山炉中沉香火，双烟一气凌紫霞。

望庐山瀑布二首·其二

【唐】李白

日照香炉生紫烟，遥看瀑布挂前川。
飞流直下三千尺，疑是银河落九天。

锦瑟

【唐】李商隐

锦瑟无端五十弦，一弦一柱思华年。
庄生晓梦迷蝴蝶，望帝春心托杜鹃。
沧海月明珠有泪，蓝田日暖玉生烟。
此情可待成追忆，只是当时已惘然。

解析：B句的"香炉"是指香炉峰，"紫烟"是指山间紫色的烟霞。C句的"烟"是相传宝玉埋在地下，上空会出现烟云。

7. 答案：B

本题考查的诗词为：

蝶恋花

【五代】冯延巳

几度凤楼同饮宴。此夕相逢，却胜当时见。
低语前欢频转面，双眉敛恨春山远。
蜡烛泪流羌笛怨。偷整罗衣，欲唱情犹懒。
醉里不辞金爵满，阳关一曲肠千断。

饮中八仙歌

【唐】杜甫

知章骑马似乘船，眼花落井水底眠。
汝阳三斗始朝天，道逢曲车口流涎，
恨不移封向酒泉。
左相日兴费万钱，饮如长鲸吸百川，
衔杯乐圣称世贤。
宗之潇洒美少年，举觞白眼望青天？
皎如玉树临风前。
苏晋长斋绣佛前，醉中往往爱逃禅。
李白一斗诗百篇，长安市上酒家眠。
天子呼来不上船，自称臣是酒中仙。
张旭三杯草圣传，脱帽露顶王公前，
挥毫落纸如云烟。
焦遂五斗方卓然，高谈雄辩惊四筵。

行路难三首·其一

【唐】李白

金樽清酒斗十千，玉盘珍羞直万钱。

停杯投箸不能食，拔剑四顾心茫然。
欲渡黄河冰塞川，将登太行雪满山。
闲来垂钓碧溪上，忽复乘舟梦日边。
行路难！行路难！多歧路，今安在？
长风破浪会有时，直挂云帆济沧海。

A　　　　　　　C

解析：A句提到的爵是三足。根据先秦的礼制，以不同的配套形状显示使用者的身份。B句提到的是觥，外形呈椭圆、浅腹、平底，两侧有半月形双耳，有时也带有饼形

足或高足，觥也被称为耳杯。C句提到的是樽，是盛放各色不同酒的器皿。

8. 答案：B

解析："谢诗如芙蓉出水，颜诗如错采镂金"，南朝钟嵘《诗品》记载了汤惠休的这句话。

你说我猜参考答案：

1. 一骑红尘妃子笑，无人知是荔枝来。

2. 白居易

3. 雄兔脚扑朔，雌兔眼迷离。

4. 辛弃疾

5. 孤舟蓑笠翁，独钓寒江雪。

6. 小荷才露尖尖角，早有蜻蜓立上头。

7. 王维

8. 儿童急走追黄蝶，飞入菜花无处寻。

2号选手题

1. 答案：春风吹又生

本题考查的诗词为：

赋得古原草送别

【唐】白居易

离离原上草，一岁一枯荣。
野火烧不尽，春风吹又生。
远芳侵古道，晴翠接荒城。
又送王孙去，萋萋满别情。

干扰项：春风花草香（【唐】杜甫《绝句二首·其一》）、今春看又过（【唐】杜甫《绝句二首·其二》）。

2. 答案：最是一年春好处

本题考查的诗词为：

早春呈水部张十八员外二首·其一

【唐】韩愈

天街小雨润如酥，草色遥看近却无。
最是一年春好处，绝胜烟柳满皇都。

干扰项：南望王师又一年（【宋】陆游《秋夜将晓出篱门迎凉有感二首·其二》）。

3. 答案：春宵一刻值千金

本题考查的诗词为：

春宵

【宋】苏轼

春宵一刻值千金，花有清香月有阴。
歌管楼台声细细，秋千院落夜沉沉。

干扰项：春宵苦短日高起（【唐】白居易《长恨歌》）。

4. 答案：君问归期未有期

本题考查的诗词为：

夜雨寄北

【唐】李商隐

君问归期未有期，巴山夜雨涨秋池。
何当共剪西窗烛，却话巴山夜雨时。

5. 答案：C

本题考查的诗词为：

游园不值

【宋】叶绍翁

应怜屐齿印苍苔，小扣柴扉久不开。
春色满园关不住，一枝红杏出墙来。

6. 答案：C

本题考查的诗词为：

春雪

【唐】韩愈

新年都未有芳华，二月初惊见草芽。
白雪却嫌春色晚，故穿庭树作飞花。

绝句四首·其三

【唐】杜甫

两个黄鹂鸣翠柳，一行白鹭上青天。
窗含西岭千秋雪，门泊东吴万里船。

逢雪宿芙蓉山主人

【唐】刘长卿

日暮苍山远，天寒白屋贫。
柴门闻犬吠，风雪夜归人。

解析：A 句是写春雪；B 句写的是早春时节。

7. 答案：C

本题考查的诗词为：

卜算子·咏梅

【宋】陆游

驿外断桥边，寂寞开无主。已是黄昏独自愁，更著风和雨。

无意苦争春，一任群芳妒。零落成泥碾作尘，只有香如故。

西江月·夜行黄沙道中

【宋】辛弃疾

明月别枝惊鹊，清风半夜鸣蝉。稻花香里说丰年，听取蛙声一片。

七八个星天外，两三点雨山前。旧时茅店社林边，路转溪桥忽见。

鹧鸪天·桂花

【宋】李清照

暗淡轻黄体性柔，情疏迹远只香留。何须浅碧深红色，自是花中第一流。

梅定妒，菊应羞，画阑开处冠中秋。骚人可煞无情思，何事当年不见收?

解析：A 句写冬春季节的梅花香；B 句写盛夏时节的稻花香；C 句写桂花香，常言道："八月桂、九月菊"，公历九月初开学的时候一般正是农历的八月，此时很有可能闻到桂花香。

8. 答案：萧萧班马鸣

本题考查的诗词为：

送友人

【唐】李白

青山横北郭，白水绕东城。

此地一为别，孤蓬万里征。

浮云游子意，落日故人情。

挥手自兹去，萧萧班马鸣。

干扰项：马鸣风萧萧（【唐】杜甫《后出塞五首·其二》）。

3 号选手题

1. 答案：坐看云起时

本题考查的诗词为：

终南别业

【唐】王维

中岁颇好道，晚家南山陲。

兴来每独往，胜事空自知。

行到水穷处，坐看云起时。

偶然值林叟，谈笑无还期。

干扰项：白云无尽时（【唐】王维《送别》）、白云回望合（【唐】王维《终南山》）。

2. 答案：蓝田日暖玉生烟

本题考查的诗词为：

锦瑟

【唐】李商隐

锦瑟无端五十弦，一弦一柱思华年。

庄生晓梦迷蝴蝶，望帝春心托杜鹃。

沧海月明珠有泪，蓝田日暖玉生烟。

此情可待成追忆，只是当时已惘然。

干扰项：日照香炉生紫烟（【唐】李白《望庐山瀑布二首·其二》）。

3. 答案：只在此山中

本题考查的诗词为：

寻隐者不遇

【唐】贾岛

松下问童子，言师采药去。

只在此山中，云深不知处。

4. 答案：山回路转不见君

本题考查的诗词为：

白雪歌送武判官归京

【唐】岑参

北风卷地白草折，胡天八月即飞雪。

忽如一夜春风来，千树万树梨花开。
散入珠帘湿罗幕，狐裘不暖锦衾薄。
将军角弓不得控，都护铁衣冷难着。
瀚海阑干百丈冰，愁云惨淡万里凝。
中军置酒饮归客，胡琴琵琶与羌笛。
纷纷暮雪下辕门，风掣红旗冻不翻。
轮台东门送君去，去时雪满天山路。
山回路转不见君，雪上空留马行处。

5. 答案：C

本题考查的诗词为：

渡荆门送别

【唐】李白

渡远荆门外，来从楚国游。
山随平野尽，江入大荒流。
月下飞天镜，云生结海楼。
仍怜故乡水，万里送行舟。

干扰项：星垂平野阔，月涌大江流
（【唐】杜甫《旅夜书怀》）。

6. 答案：C

本题考查的诗词为：

江上渔者

【宋】范仲淹

江上往来人，但爱鲈鱼美。
君看一叶舟，出没风波里。

解析：由诗题及前两句可知，这"一叶舟"在辛苦捕鱼。

7. 答案：B

本题考查的诗词为：

望天门山

【唐】李白

天门中断楚江开，碧水东流至此回。
两岸青山相对出，孤帆一片日边来。

早发白帝城

【唐】李白

朝辞白帝彩云间，千里江陵一日还。
两岸猿声啼不住，轻舟已过万重山。

书愤五首·其一

【宋】陆游

早岁那知世事艰，中原北望气如山。
楼船夜雪瓜洲渡，铁马秋风大散关。
塞上长城空自许，镜中衰鬓已先斑。
出师一表真名世，千载谁堪伯仲间！

8. 答案：C

本题考查的诗词为：

春江花月夜

【唐】张若虚

春江潮水连海平，海上明月共潮生。
滟滟随波千万里，何处春江无月明！
江流宛转绕芳甸，月照花林皆似霰。
空里流霜不觉飞，汀上白沙看不见。
江天一色无纤尘，皎皎空中孤月轮。
江畔何人初见月？江月何年初照人？
人生代代无穷已，江月年年望相似。
不知江月待何人，但见长江送流水。
白云一片去悠悠，青枫浦上不胜愁。
谁家今夜扁舟子？何处相思明月楼？
可怜楼上月徘徊，应照离人妆镜台。
玉户帘中卷不去，捣衣砧上拂还来。
此时相望不相闻，愿逐月华流照君。

鸿雁长飞光不度，鱼龙潜跃水成文。

昨夜闲潭梦落花，可怜春半不还家。

江水流春去欲尽，江潭落月复西斜。

斜月沉沉藏海雾，碣石潇湘无限路。

不知乘月几人归，落月摇情满江树。

秋浦歌十七首·其十五

【唐】李白

白发三千丈，缘愁似个长。

不知明镜里，何处得秋霜。

菩萨蛮

【唐】温庭筠

小山重叠金明灭，鬓云欲度香腮雪。懒起画蛾眉，弄妆梳洗迟。

照花前后镜，花面交相映。新帖绣罗襦，双双金鹧鸪。

解析：A 句写月光照射到女子梳妆台上，不是写女子照镜子；B 句写李白照镜子，发现自己头发白了；C 句是写女子照镜子。

出口成诗参考答案：

1. 白日依山尽，黄河入海流。
2. 不到长城非好汉，屈指行程二万。
3. 脚著谢公屐，身登青云梯。
4. 凤箫声动，玉壶光转，一夜鱼龙舞。
5. 十年磨一剑，霜刃未曾试。
6. 西施若解倾吴国，越国亡来又是谁。
7. 但为君故，沉吟至今。
8. 西塞山前白鹭飞，桃花流水鳜鱼肥。
9. 行人刁斗风沙暗，公主琵琶幽怨多。
10. 杏花疏影里，吹笛到天明。
11. 可怜九月初三夜，露似真珠月似弓。
12. 清明时节雨纷纷，路上行人欲断魂。

4 号选手题

1. 答案：盈盈一水间

本题考查的诗词为：

迢迢牵牛星

【汉】佚名

迢迢牵牛星，皎皎河汉女。

纤纤擢素手，札札弄机杼。

终日不成章，泣涕零如雨。

河汉清且浅，相去复几许？

盈盈一水间，脉脉不得语。

干扰项：眉眼盈盈处（【宋】王观《卜算子·送鲍浩然之浙东》）。

2. 答案：夜静春山空

本题考查的诗词为：

鸟鸣涧

【唐】王维

人闲桂花落，夜静春山空。

月出惊山鸟，时鸣春涧中。

干扰项：情人怨遥夜（【唐】张九龄《望月怀远》）。

3. 答案：蓬山此去无多路

本题考查的诗词为：

无题

【唐】李商隐

相见时难别亦难，东风无力百花残。
春蚕到死丝方尽，蜡炬成灰泪始干。
晓镜但愁云鬓改，夜吟应觉月光寒。
蓬山此去无多路，青鸟殷勤为探看。

干扰项："篷""为"。

4. 答案：白日放歌须纵酒

本题考查的诗词为：

闻官军收河南河北

【唐】杜甫

剑外忽传收蓟北，初闻涕泪满衣裳。
却看妻子愁何在，漫卷诗书喜欲狂。
白日放歌须纵酒，青春作伴好还乡。
即从巴峡穿巫峡，便下襄阳向洛阳。

干扰项："需"。

5. 答案：岐王宅里寻常见

本题考查的诗词为：

江南逢李龟年

【唐】杜甫

岐王宅里寻常见，崔九堂前几度闻。
正是江南好风景，落花时节又逢君。

6. 答案：江入大荒流

本题考查的诗词为：

渡荆门送别

【唐】李白

渡远荆门外，来从楚国游。

山随平野尽，江入大荒流。
月下飞天镜，云生结海楼。
仍怜故乡水，万里送行舟。

干扰项：月涌大江流（【唐】杜甫《旅夜书怀》）。

7. 答案：A

本题考查的诗词为：

月夜

【唐】杜甫

今夜鄜州月，闺中只独看。
遥怜小儿女，未解忆长安。
香雾云鬟湿，清辉玉臂寒。
何时倚虚幌，双照泪痕干。

别元九后咏所怀

【唐】白居易

零落桐叶雨，萧条槿花风。
悠悠早秋意，生此幽闲中。
况与故人别，中怀正无悰。
勿云不相送，心到青门东。
相知岂在多？但问同不同。
同心一人去，坐觉长安空。

春日忆李白

【唐】杜甫

白也诗无敌，飘然思不群。
清新庾开府，俊逸鲍参军。
渭北春天树，江东日暮云。
何时一尊酒，重与细论文？

解析：A句写给妻子；B句写给元稹；C句写给李白。

8. 答案：C

本题考查的诗词为：

寄胡饼与杨万州
【唐】白居易

胡麻饼样学京都，面脆油香新出炉。
寄与饥馋杨大使，尝看得似辅兴无？

和参寥见寄
【宋】苏轼

黄楼南畔马台东，云月娟娟正点空。
欲共幽人洗笔砚，要传流水入丝桐。
且随侍者寻西谷，莫学山僧老祝融。
待我西湖借君去，一杯汤饼泼油葱。

宫词
【宋】赵佶

御制新规宝墨香，蟠龙纹里字成行。
臣邻近密方宣赐，圆饼均盛小绛囊。

解析：A句提到的是胡麻饼，又称胡饼，主要用面粉烙制而成，因上撒有芝麻，故而得名。其特点是色泽黄亮，皮酥内软，芝麻油香。唐代长安的胡麻饼是很有名的，尤以辅兴坊制作的最佳。所谓"胡麻"，《梦溪笔谈》有："胡麻直是今油麻（芝麻）……汉使张骞始自大宛（西域）得油麻之种，亦谓之麻，故以胡麻别之，谓汉麻为'大麻'也。"B句提到的汤饼是汤面的前身，可以吃。刘义庆《世说新语·容止》中记载："何平叔美姿仪，面至白。魏明帝疑其傅粉。正夏月，与热汤饼。既啖，大汗出，以朱衣自拭，色转皎然。"C句提到的"圆饼"是宋徽宗赵佶赐给大臣的圆形墨，不是食物。

攻擂资格争夺赛

 VS

朱　彤：   陈　更：

 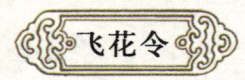 

朱　彤	陈　更
❀凤尾香罗薄几重，碧文圆顶夜深缝。	❀日照香炉生紫烟，遥看瀑布挂前川。
❀梅须逊雪三分白，雪却输梅一段香。	❀蛾儿雪柳黄金缕，笑语盈盈暗香去。
❀疏影横斜水清浅，暗香浮动月黄昏。	❀零落成泥碾作尘，只有香如故。
❀风住尘香花已尽，日晚倦梳头。	❀迟日江山丽，春风花草香。
❀祖席离歌，长亭别宴， 香尘已隔犹回面。	❀燎沉香，消溽暑，鸟雀呼晴， 侵晓窥檐语。
❀春宵一刻值千金，花有清香月有阴。	❀小山重叠金明灭，鬓云欲度香腮雪。
❀忽然一夜清香发，散作乾坤万里春。	❀×

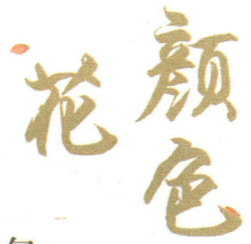

超级飞花令

请说出含有"花"字和颜色的诗句。

朱彤

🌸 何须浅碧深红色，自是花中第一流。

🌸 桃花一簇开无主，可爱深红爱浅红。

🌸 花褪残红青杏小，燕子飞时，绿水人家绕。

🌸 江碧鸟逾白，山青花欲燃。

🌸 万事到头都是梦，休休，明日黄花蝶也愁。

🌸 白发戴花君莫笑，六幺催拍盏频传。

🌸 黄花白发相牵挽，付与时人冷眼看。

🌸 ✕

陈更

🌸 去年今日此门中，人面桃花相映红。

🌸 山桃红花满上头，蜀江春水拍山流。

🌸 花红易衰似郎意，水流无限似侬愁。

🌸 西塞山前白鹭飞，桃花流水鳜鱼肥。

🌸 黄鹤楼中吹玉笛，江城五月落梅花。

🌸 人生易老天难老，岁岁重阳，今又重阳，战地黄花分外香。

🌸 白雪却嫌春色晚，故穿庭树作飞花。

诗词接龙

董卿：天下谁人不识君。➡陈：君自故乡来。朱：来日绮窗前。

➡陈：前不见古人。朱：人生得意须尽欢。➡陈：欢笑情如旧。

朱：旧时王谢堂前燕。➡陈：燕子来时新社。朱：舍南舍北皆春水。

➡陈：水光潋滟晴方好。朱：好雨知时节。➡陈：结庐在人境。

朱：竟无语凝噎。➡陈：✕

擂主争霸赛

   VS

朱　彤：来自湖北，是上海同济大学生物医学专业的一名研究生。以 188 分的总分获得"个人追逐赛"冠军，进入"擂主争霸赛"环节。

邓雅文：13 岁，来自河南洛阳，是一名初二学生。在第一场的擂主争霸赛中获得胜利，本场以擂主身份在"擂主争霸赛"中迎战攻擂者朱彤。

1. 图片线索题，请根据康老师的绘画说出一联七言唐诗。

2. 图片线索题，请根据康老师的绘画说出三句宋词。

风

雪

3. 图片线索题，请根据康老师的绘画说出四句毛泽东的诗词。

红

4. 描述线索题，请根据以下线索说出一首诗的题目。　　　　（　　　　）

(1) 其中含有一个数字。

(2) 诗题与走路有关系。

(3) 这是弟弟写给哥哥的诗。

(4) 诗中把兄弟关系比作豆和豆萁。

5. 描述线索题，请根据以下线索说出一座名山。　　　　（　　　　）

(1) 扁舟又过楚江东

(2) 不及从君访远公

(3) 长恨春归无觅处

(4) 只缘身在此山中

6. 描述线索题，请根据以下线索说出一种植物。　　　　（　　　　）

(1) 它是"四君子"之一。

(2) 苏轼说它的"金蕊"可以入酒。

(3) 郑思肖赞它"宁可枝头抱香死，何曾吹落北风中"。

(4) 陶渊明在庐山下采摘它。

7. 描述索题，请根据以下线索说出一种动物。　　　　（　　　　）

(1) 白居易说它住在黑洞里。

(2) 韩愈说它黄昏时出现在寺庙里。

(3) 古人通常不把它归在鸟兽里。

(4) 它常出现在民间的吉祥图案里。

8. 描述线索题，请根据以下线索说出一个节日。　　　　（　　　　）

(1) "只许州官放火，不许百姓点灯"发生在这一天。

(2) "东风夜放花千树"与这个节日有关。

(3) "火树银花合"是这个节日的特点。

(4) "月上柳梢头，人约黄昏后"写的是这个节日。

擂主争霸赛答案

1.千里莺啼绿映红，水村山郭酒旗风。

2.乱石穿空，惊涛拍岸，卷起千堆雪。

3.看万山红遍，层林尽染；漫江碧透，
   百舸争流。

4.《七步诗》

5.庐山

6.菊花

7.蝙蝠

8.元宵节

自我评价

个人追逐赛	1		攻擂资格争夺赛	飞花令		擂主争霸赛	答对	
	2							
	3			超级飞花令			道题	
	4							

一语天然万古新·嘉宾点评

过故人庄

【唐】孟浩然

故人具鸡黍，邀我至田家。

绿树村边合，青山郭外斜。

开轩面场圃，把酒话桑麻。

待到重阳日，还来就菊花。

民间饭局

这首诗是写一个宴会的，或者说一个饭局的。中国古代的饭局，我们知道得最多的，大概是宫廷的饭局了，民间的饭局我们一般了解得很少，而这首诗写的就是民间的饭局。这首诗有一个特点，它写的是故人之间的饭局，所以这首诗一开始就说："故人具鸡黍，邀我至田家。"陆游的《游山西村》也是写民间饭局的，但是那个民间的饭局跟这个民间的饭局还是有那么一点点区别的。《游山西村》写的不是故交之间，所以陆游在去的路上，甚至都走错路了，然后才会有"山重水

扫一扫
听专家现场讲解

复疑无路，柳暗花明又一村"。虽然有区别，但这两首诗都是写民间饭局很经典的诗。 （王立群）

题都城南庄

【唐】崔护

去年今日此门中，人面桃花相映红。

人面不知何处去，桃花依旧笑春风。

竹子桃花图　纸本
【清】邹一桂

思念也是美好的

崔护原来根本没打算写什么诗，他只是科举没考上，就想到南郊去转一转，也就是踏踏青。然后他遇见了一个姑娘，姑娘看他的时候深情脉脉，他看姑娘也脉脉深情，但故事到这儿就戛然而止了。过了一年以后，崔护"忽思之，情不可抑"，忽然想起这姑娘，便不能控制自己，于是马上回去一看，结果看到姑娘的家门口上了一把锁，崔护忽然间也就释然了，便题了一首诗在门上："去年今日此门中，人面桃花相映红。人面不知何处去，桃花依旧笑春风。"好像在说这漫山遍野开遍的桃花，都是我心爱的姑娘。

扫一扫
听专家现场讲解

（康震）

长恨歌（节选）

【唐】白居易

风吹仙袂飘飘举，犹似霓裳羽衣舞。
玉容寂寞泪阑干，梨花一枝春带雨。
含情凝睇谢君王，一别音容两渺茫。
昭阳殿里恩爱绝，蓬莱宫中日月长。
回头下望人寰处，不见长安见尘雾。
唯将旧物表深情，钿合金钗寄将去。
钗留一股合一扇，钗擘黄金合分钿。
但教心似金钿坚，天上人间会相见。

"诗魔"白居易

这首《长恨歌》确实长啊，好多句，而且每一句都是精品。"玉容寂寞泪阑干，梨花一枝春带雨""含情凝睇谢君王，一别音容两渺茫"，全都是大家耳熟能详的诗句。我们现在都知道"诗仙"是李白，但

扫一扫
听专家现场讲解

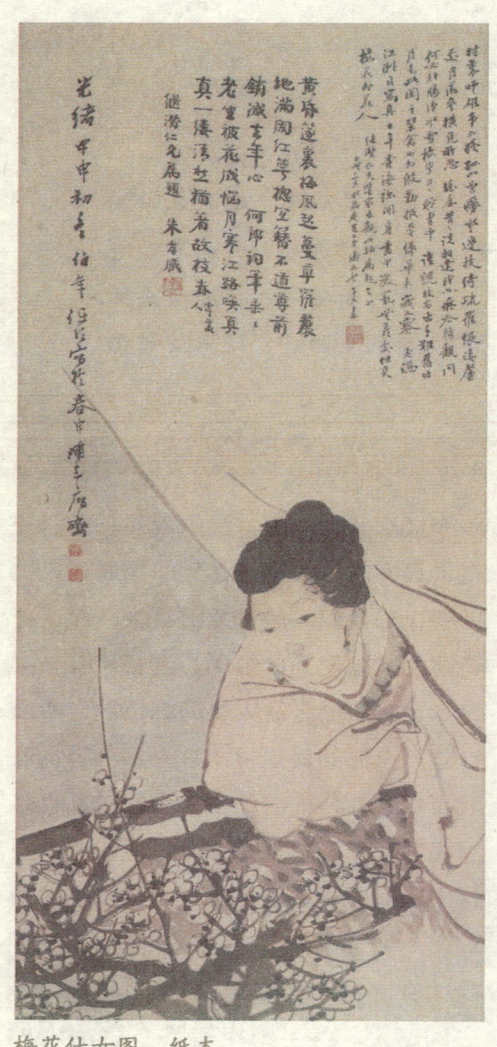

梅花仕女图　纸本
【清】任伯年

其实在当时没人叫李白"诗仙"，而白居易是在当时就有人叫他"诗仙"，谁这样叫他的？皇上这样叫他。白居易去世之后，唐宣宗专门写了一首诗悼念他，在诗里边就称他为"诗仙"。而白居易自己在他写给好朋友元稹的信里边说别人都叫他"诗魔"，写诗都成魔了。所以我们现在可以实事求是地讲，在唐代，白居易的名气一点儿都不弱于李白。而且不光皇上喜欢他，老百姓也喜欢他，他在信里边说：我在路上走着，发现墙上、房上、柱子上、驿站里、小学课本上……全都有我的诗，都传遍了，连歌伎都会背我的诗。白居易的诗，上至皇上，下至百姓，无人不知无人不晓，连老外也很感兴趣，所以白居易是人民的诗人。（康震）

浣溪沙·和柳亚子先生

【现代】毛泽东

长夜难明赤县天，百年魔怪舞翩跹，人民五亿不团圆。

一唱雄鸡天下白，万方乐奏有于阗，诗人兴会更无前。

各族人民欢聚一堂

2019年是咱们中华人民共和国成立七十周年，毛泽东这首词是在1950年写的，也就是新中国成立一周年的时候。当时在国庆晚会上，全国各族人民的代表欢聚一堂。柳亚子是毛泽东多年的好朋友，他写了一首词："火树银花不夜天，弟兄姊妹舞翩跹。歌声唱彻月儿圆，不是一人能领导，那容百族共骈阗，良宵盛会喜空前。"然后毛泽东唱和了他一首。"长夜难明赤县天，百年魔怪舞翩跹。"这里的"赤县"指的是中国，意思就是说，在过去的这一百年

群鸡紫绶图　纸本
【清】任伯年

里，旧中国各种妖魔鬼怪当道，所以"人民五亿不团圆"，老百姓过不上好日子。"一唱雄鸡天下白"，新中国成立了，所以"万方乐奏"，大家在一起奏的音乐就包括于阗的音乐在内。"诗人兴会更无前"，诗人写出美好诗句的兴致真是一往无前。毛泽东这首词应该说是一首庆祝国庆的词，特别难得的是，这首词不仅写出了当时"火树银花不夜天"的情形，还点化了v贺的一句诗："我有迷魂招不得，雄鸡一声天下白。"李贺的诗本身写的是很悲伤的情怀，但是毛泽东略加点染，改了一下语序："一唱雄鸡天下白"就使得这一句词为之一振，也就成为后来一直传诵的、非常著名的一句词。毛泽东跟柳亚子，在诗词唱和方面的互动是非常频繁的，这是毛泽东和党外民主人士友谊的一个非常好的见证。他们不仅是君子之交，也是诗词之交，同时还是同心同德之交。（康震）

赋得古原草送别

【唐】白居易

离离原上草，一岁一枯荣。
野火烧不尽，春风吹又生。
远芳侵古道，晴翠接荒城。
又送王孙去，萋萋满别情。

生生不息的生命精神

这首诗名气太大了。这首诗之所以在中国文学史上如此有名，就在于这首诗的名句："野火烧不尽，春风吹又生。"这两句诗表现了一种坚韧顽强、生生不息的生命精神，它激励人们在艰难困苦的情况下要自强不息。所以这两句已经超越了这首诗歌

拓溪草堂图（局部） 绢本
【清】吴宏

的字面意义，具有了一种永久的，或者说永恒的生命意义。所以在这一点上，这两句诗能成为经典、成为名句，成为白居易贡献给我们中华民族的精神财富，也成为我们今天文化自信的一个重要来源，是一个非常了不得的成就。

（王立群）

早春呈水部张十八员外二首·其一

【唐】韩愈

天街小雨润如酥，草色遥看近却无。
最是一年春好处，绝胜烟柳满皇都。

官员之间的"情趣"

韩愈写这首诗的时候已经是吏部侍郎，这算是很大的官了。吏、户、礼、兵、刑、工，是按重要性排序的。之前他是兵部侍郎，兵部排第四，吏部排第一。这首诗实际上是写给张水部的，张水部就是张籍。张籍虽然岁数比韩愈大一些，但是张籍是靠着韩愈才被提拔上来的。张籍出身比较贫寒，韩愈比他发达得早，两人还都属于韩孟诗派，所以韩愈就提携他。这首诗是说：春天到了，下了点小雨，像酥油一样，春雨贵如油啊。张水部，别待在办公室里头了，出来转转吧。他还有一首诗："莫道官忙身老大，即无年少逐春心。凭君先到江头看，柳色如今深未深。"讲的是别一

直工作了，到曲江江头看一看吧，春色已深了。张水部只好说：我忙啊，你老人家现在已经是吏部侍郎了，我还是员外郎呢，所以我手头的活儿比较多。

这首诗巧妙的地方在于，我们可以看出当时的官员，互相之间也是极有情趣的，彼此之间聊个天，邀你出去看春色那都得写诗，不写诗

扫一扫
听专家现场讲解

草虫图（局部）　绢本
【元】佚名

都不好意思张这嘴。（康震）

这首诗写得很漂亮，诗的大意是说一年之美在于春，一春之美在于早春，早春之美在于春草，春草之美在于草色，草色之美在于雨中，尤其在于细雨之中，若有若无，若隐若现之间。而且他写"天街小雨润如酥"，"润如酥"就不光是给人视觉上的感受，而且还让人有了触觉上的感受，他用通感的修辞手法劝张籍：多美的地方啊，赶快来看看。（王立群）

扫一扫
听专家现场讲解

春宵

【宋】苏轼

春宵一刻值千金，花有清香月有阴。
歌管楼台声细细，秋千院落夜沉沉。

春天夜晚的珍贵

这首诗的原意是写春天夜晚的时光非常珍贵，这"一刻"很重要。古人是把一天 24 小时分为一百刻，平均一刻是 14 分 24 秒。这么短的时间就能价值千金，其实是在强调春天夜晚的珍贵、稀缺和美妙。（王立群）

终南别业

【唐】王维

中岁颇好道，晚家南山陲。
兴来每独往，胜事空自知。

行到水穷处，坐看云起时。
偶然值林叟，谈笑无还期。

活成自己的模样

这是王维非常有名的一首诗。题目里的"终南"就是终南山。从地理位

山中早春图　纸本
【清】王原祁

置上说，终南山还有一个别名：中南。把"终"写成中间的"中"，认为它是天下之中，而南呢，是因为它在长安之南。终南山的地理位置很重要，风景也很美，但是中国人看山有一个习惯，"山不在高，有仙则名"，就是山上必须得有仙人才会成为名山。终南山就有一批"仙人"，王维就是其中一个"仙人"，王维在终南山不是要做"网红"，而是把自己活成了自己的模样，他把生活变成了诗，所以王维可以说是一个"佛系男神"。此外，王维的存在还"引爆"了终南山，让终南山成了一座诗性的山、令人向往的山。王维的一生也很特别，青年时期顺风顺水，中年时期穷山恶水，晚年时期风轻云淡，而这首诗恰好就是王维心境的写照。一处山涧随性而走，一叶小舟乘兴而行，走到山穷水尽之处，就坐下来，看天，看天上的云卷云舒；看地，看地上的溪流淙淙。实际上，王维在《终南别业》这首诗里是对自己的心境做了一个很贴切的描述。（王立群）

扫一扫
听专家现场讲解

锦瑟

【唐】李商隐

锦瑟无端五十弦，一弦一柱思华年。
庄生晓梦迷蝴蝶，望帝春心托杜鹃。
沧海月明珠有泪，蓝田日暖玉生烟。

此情可待成追忆，只是当时已惘然。

关于变化的故事

这首诗起了一个跟它的内容没有一点关系的题目，完全是随意起的，因为诗开头的两个字是"锦瑟"，所以题目就叫《锦瑟》。

"锦瑟无端五十弦"，锦瑟呀锦瑟，凭啥你有五十根弦？我不知道为啥有五十根弦啊！这就是没来由地问，但是古诗说无理而妙，他为什么要这么

柳岸江洲图（局部）　纸本
【清】王翚

问？他其实是在问自己啊，我这一辈子都干什么了？

再看看这首诗用的意象，"庄生晓梦迷蝴蝶"，庄子一觉醒来问：是我梦见自己变成蝴蝶了，还是蝴蝶梦见变成我了？这是关于变化的一个故事。"望帝春心托杜鹃"，望帝变成了杜鹃鸟，这也是变化。"沧海月明珠有泪"，大晚上美人鱼在流泪。"蓝田日暖玉生烟"是写一种迷离恍惚的境界。所以诗人这一辈子是什么样的呢？变来变去，都没有得到确切的结果，迷离恍惚，恍惚得什么也看不清楚，最后说"此情可待成追忆，只是当时已惘然"。所以拿《锦瑟》来概括李商隐的一生，那是完全准确的。

（康震）

渡荆门送别

【唐】李白

渡远荆门外，来从楚国游。
山随平野尽，江入大荒流。
月下飞天镜，云生结海楼。
仍怜故乡水，万里送行舟。

从诗词看时代的变化

李白写"山随平野尽，江入大荒流"的时候是二十五岁，他就要离开四川了。在他的面前，是无限宽广的人生。而杜甫写"星垂平野阔，月涌大江流"的时候已经年近花甲，他也正要离开四川，要带着他的家人漂泊西南。所以李白和杜甫，一个是朝着无限的希望走去，一个是走向未知的，很可能是充满苦难的未来。这两句诗的境界都很阔大，但是后边跟的句子不一样。李白后边跟的是"月下飞天镜，云生结海楼"。而杜甫跟的是"名岂文章著，官应老病休。飘飘何所似，天地一沙鸥"。杜甫觉得自己就像沙鸥一样，很孤独地飞着，不知道下一站在哪儿。所以李白和杜甫一个是走向盛唐，一个是走出盛唐，都是唐代的大诗人，写出了如此相仿的诗句，但却代表着两种迥然不同的心境。不得不说，这也是两位诗人在盛唐的诗坛上留下的一笔特别宝贵的诗歌遗产，让我们现在能够回环往复地咏叹，然后能看到那个大时代的变化，看到诗人心境的变化。（康震）

李白比杜甫年长，杜甫是一直把李白作为自己的偶像来崇拜的，我觉得李白跟杜甫两个人都非常幸运，李白做出了榜样，杜甫向他学习，成为彼此欣赏的诗友。李白是一个抬头看天的人，杜甫是一个低头看地的人，最终两个人在他们各自的道路上，都取得了非凡的成就。（王立群）

第三场

律回岁晚冰霜少，春到人间草木知[1]

　　被联合国教科文组织列入人类非物质文化遗产的二十四节气，是中国古人的智慧。它不仅是农耕社会人们生产生活的重要指南，也体现了中国人对自然时序的敬畏之心。而无论是"雨霁风光，春分天气，千花百卉争明媚"[2]，还是"露从今夜白，月是故乡明"[3]；无论是"清明时节雨纷纷"[4]，还是"大寒须遣酒争豪"[5]……这些都是大自然的变化催生的一代代诗人的诗情。那今天就让我们在《中国诗词大会》花开四季的舞台上，再一次感受寒来暑往之间，诗和季节之间相互成就所绽放出的文化光芒。

——董卿（《中国诗词大会》主持人）

扫一扫
看专家现场致辞

1　《立春偶成》【宋】张栻
　　律回岁晚冰霜少，春到人间草木知。便觉眼前生意满，东风吹水绿参差。

2　《踏莎行》【宋】欧阳修
　　　雨霁风光，春分天气，千花百卉争明媚。画梁新燕一双双，玉笼鹦鹉愁孤睡。
　　　薛荔依墙，莓苔满地，青楼几处歌声丽。蓦然旧事上心来，无言敛皱眉山翠。

3　《月夜忆舍弟》【唐】杜甫
　　　戍鼓断人行，边秋一雁声。露从今夜白，月是故乡明。有弟皆分散，无家问死生。寄书长不达，况乃未休兵。

4　《清明》【唐】杜牧
　　　清明时节雨纷纷，路上行人欲断魂。借问酒家何处有，牧童遥指杏花村。

5　《和仲蒙夜坐》【宋】文同
　　　宿鸟惊飞断雁号，独凭幽几静尘劳。风鸣北户霜威重，云压南山雪意高。少睡始知茶效力，大寒须遣酒争豪。
　　　砚冰已合灯花老，犹对群书拥敝袍。

陶渊明曾经写过两句非常有名的诗，叫"种豆南山下，草盛豆苗稀"。[6]人们往往以此来认为陶渊明返归田园以后，他的生活并不是十分如意。但陶渊明自己却认定了这种生活，所以他在这首诗的结尾说"衣沾不足惜，但使愿无违"。[7]其实人只要认定了一种生活方式，就应当坚定不移地走下去，我们的选手既然来自全国，认定诗词是我们生活的最好的方式，就希望我们的选手和中国的优秀诗词永远相伴下去。

——王立群（河南大学文学院教授、博士生导师）

"好雨知时节，当春乃发生。随风潜入夜，润物细无声。"[8]我相信诗词会像春夜喜雨一样，让我们每一位爱好诗词的诗友生命更加丰盈，更加美丽。

——杨雨（中南大学文学与新闻传播学院教授、博士生导师）

扫一扫
看专家现场致辞

6·7《归园田居五首·其三》【晋】陶渊明
　种豆南山下，草盛豆苗稀。晨兴理荒秽，带月荷锄归。道狭草木长，夕露沾我衣。衣沾不足惜，但使愿无违。
8《春夜喜雨》【唐】杜甫
　好雨知时节，当春乃发生。随风潜入夜，润物细无声。野径云俱黑，江船火独明。晓看红湿处，花重锦官城。

诗词之乐何处寻？

个人追逐赛

1号选手

孙晓婧

明日登峰须造极，渺观宇宙我心宽。

小孤山

【宋】谢枋得

人言此是海门关，海眼无涯骇众观。

天地偶然留砥柱，江山有此障狂澜。

坚如猛士敌场立，危似孤臣末世难。

明日登峰须造极，渺观宇宙我心宽。

孙晓婧：来自中国科学院国家空间科学中心，现在是一名在读硕士生。孙晓婧现在虽然学习很忙，但加班熬夜时，她都会自己跟自己玩飞花令。在"个人追逐赛"环节共答对 6 道题，得分 139 分。

1. 请从以下九个字中识别一句五言唐诗。

海	日	叶
生	香	明
上	残	月

【分值：51】

2. 请从以下十二个字中识别一句五代词句。

若	人	流	去
有	知	水	落
花	除	也	春

【分值：42】

3. 请从以下十二个字中识别一句七言唐诗。

歌	岸	放	白
酒	踏	忽	须
闻	日	声	上

【分值：15】

4. 请对上句。

绝	胜	烟	柳	满	皇	都
是	景	一	这	春		
年	最	风	好	处		

【分值：10】

5. 下列诗句，哪一项是正确的？（　　）

A 昼出耕田夜绩麻，村庄儿女各当家。

B 昼出耘田夜绩麻，村庄儿女各当家。

C 昼出耘田夜织麻，村庄儿女各当家。

【分值：10】

6. 《诗经·七月》名句"七月流火，九月授衣"中"流火"的含义是？（　　）

A 天气炎热

B 天气转凉

C 天气寒冷

【分值：22】

7. 重阳节亲友开心相聚，一起登高赏景时，最适合引用以下哪项诗句？　　（　　）

A 夕阳无限好，只是近黄昏。　　B 万里悲秋常作客，百年多病独登台。

C 尘世难逢开口笑，菊花须插满头归。

【分值：4】

8. 我们现在看到的这件兵器制作于战国晚期，请判断以下哪一项提到了图中这种兵器？　　（　　）

A 折戟沉沙铁未销，自将磨洗认前朝。

B 男儿何不带吴钩，收取关山五十州？

C 想当年，金戈铁马，气吞万里如虎。

【分值：15】

计算得分：

选手未答出的题目按 15 分计算。

2号选手

陈曦骏

从别后，忆相逢。几回魂梦与君同。

鹧鸪天

【宋】晏几道

彩袖殷勤捧玉钟，当年拚却醉颜红。舞低杨柳楼心月，
歌尽桃花扇底风。

从别后，忆相逢，几回魂梦与君同。今宵剩把银釭照，
犹恐相逢是梦中。

陈曦骏：来自上海，是上海市公安局城市轨道公交总队民警。陈曦骏同时也是《中国诗词大会》七夕特别节目的冠军，在七夕节目录制结束之后，陈曦骏将所有的碎片时间（吃饭、坐车、等待等）都运用起来学习诗词。在"个人追逐赛"环节共答对 3 题，得分 73 分。

1. 请从以下九个字中识别一句五言宋诗。		

昔	当	杰
人	时	如
旅	生	作

【分值：4】

2. 请从以下十二个字中识别一句七言唐诗。			

天	英	泪	问
谁	使	雄	襟
敌	长	满	下

【分值：16】

3. 请从以下九个字中识别一句五言唐诗。

落	故	长
日	人	友
河	白	圆

【分值：15】

4. 请对上句。

铁	马	秋	风	大	散	关
洲	船	月	度	雪
夜	渡	瓜	楼	舟

【分值：53】

5. 请对上句。

沙	暖	睡	鸳	鸯
雁	泥	新	春	子
飞	谁	家	燕	融

【分值：15】

6. 毛泽东词句"才饮长沙水，又食武昌鱼"与哪个历史事件有关？（ ）

A 曹操求贤

B 孙皓迁都

C 刘备托孤

【分值：15】

7. 下列哪一联诗句赞美了名将李广爱惜士卒？（ ）

A 君不见沙场征战苦，至今犹忆李将军。

B 林暗草惊风，将军夜引弓。

C 卫青不败由天幸，李广无功缘数奇。

【分值：15】

8. 下列描写春天节气的诗句，时间最晚的是？（ ）

A 微雨众卉新，一雷惊蛰始。

B 律回岁晚冰霜少，春到人间草木知。

C 清明时节雨纷纷，路上行人欲断魂。

【分值：15】

计算得分：

选手未答出的题目按15分计算。

你说我猜

在 180 秒内给出下列题目的答案。

1. 《长恨歌》中形容倾城美人的一联诗是什么？

2. 《春望》的作者是谁？

3. "柔情似水，佳期如梦" 出自哪个词牌名？

4. 刘邦回乡设宴，击筑而歌的三句诗是什么？

5. "明月几时有" 出自哪个词牌名？

6. 号 "易安居士" 的词人是谁？

7. "驿外断桥边，寂寞开无主" 出自哪个词牌名？

8. "群芳过后西湖好" 出自哪个词牌名？

9. 李延年形容美人的最著名的两句诗是什么？

1.

2.

3.

4.

5.

6.

7.

8.

9.

3 号选手

肖　旭

且趁闲身未老，尽放我、些子疏狂。

满庭芳

【宋】苏轼

　　蜗角虚名，蝇头微利，算来著甚干忙。事皆前定，谁弱又谁强。且趁闲身未老，尽放我、些子疏狂。百年里，浑教是醉，三万六千场。

　　思量。能几许？忧愁风雨，一半相妨。又何须抵死，说短论长。幸对清风皓月，苔茵展、云幕高张。江南好，千钟美酒，一曲满庭芳。

肖　旭： 来自四川眉山，是成都中医药大学研究生。在"个人追逐赛"环节共答对 3 题，得分 87 分。

1. 请从以下九个字中识别一句五言唐诗。

草	木	本
心	深	城
春	生	池

2. 请从以下十二个字中识别一句七言唐诗。

杏	牧	深	村
花	童	巷	朝
明	卖	遥	指

【分值：31】　　　　　　　　　　　　　　　　　　　　　【分值：26】

3. 请从以下十二个字中识别一句七言宋诗。

芳	菜	笑	花
飞	胜	处	无
寻	泗	入	日

【分值：15】

4. 请对上句。

自	是	花	中	第	一	流
浅	红	碧	需	何
似	须	必	深	色

【分值：30】

5. 下列哪一项是正确的?　　　　（　　）

A 来日绮窗前，寒梅著花未？

B 来日倚窗前，寒梅著花未？

C 来日绮窗前，红梅著花未？

【分值：15】

6. 以下哪一项与毛泽东词句"战地黄花分外香"含义最接近?　　　（　　）

A 遥怜故园菊，应傍战场开。

B 零落成泥碾作尘，只有香如故。

C 冲天香阵透长安，满城尽带黄金甲。

【分值：15】

7. 中国古人总是喜欢用成双成对的珍禽异兽来比喻爱情。以下写到珍禽异兽的诗句中，哪一联最适合用来表达不顾一切的爱情?　　　　（　　）

A 得成比目何辞死，愿作鸳鸯不羡仙。

B 凤兮凤兮归故乡，遨游四海求其凰。

C 尽日无人看微雨，鸳鸯相对浴红衣。

【分值：15】

8. 下列诗句所写的"帝王州"，哪个是唐代首都?　　　（　　）

A 回首可怜歌舞地，秦中自古帝王州。

B 天子一行遗圣迹，锦城长作帝王州。

C 龙蟠虎踞帝王州，帝子金陵访古丘。

【分值：15】

计算得分：

选手未答出的题目按 15 分计算。

出口成诗

在 150 秒内说出和以下 12 个关键词有关联的诗句。

| 1. 柳絮 | 2. 七夕 | 3. 明月 | 4. 长安 |

| 5. 乌衣巷 | 6. 黄鹤楼 | 7. 荔枝 | 8. 杏花村 |

| 9. 楼船 | 10. 金缕衣 | 11. 洞庭湖 | 12. 大漠 |

❀ 1. _____ ❀ 2. _____

❀ 3. _____ ❀ 4. _____

❀ 5. _____ ❀ 6. _____

❀ 7. _____ ❀ 8. _____

❀ 9. _____ ❀ 10. _____

❀ 11. _____ ❀ 12. _____

4号选手

扫一扫
看选手精彩答题

钟斯婕

大鹏一日同风起，扶摇直上九万里。

上李邕

【唐】李白

大鹏一日同风起，扶摇直上九万里。

假令风歇时下来，犹能簸却沧溟水。

世人见我恒殊调，见余大言皆冷笑。

宣父犹能畏后生，丈夫未可轻年少。

钟斯婕：来自福建宁德，是一名初一学生。钟斯婕在六年级时就带领全班同学玩飞花令，她希望为她的诗词生活交上一份完美的答卷。在"个人追逐赛"环节共答对6道题，得分154分。获得"个人追逐赛"冠军，并进入"擂主争霸赛"环节。

1. 请从以下九个字中识别一句五言古诗。

花	来	不
恨	别	鸟
人	惊	泪

2. 请从以下十二个字中识别一句七言唐诗。

黄	鹤	人	西
故	楼	已	昔
去	乘	空	余

【分值：25】　　　　　　　　　　　　　　　　【分值：32】

3. 请对上句。

便	下	襄	阳	向	洛	阳
即		峡	巴	上	巫	
三		从	过	穿	峡	

【分值：15】

4. 请对上句。

池	鱼	思	故	渊
旧	树	鸣	鸟	桑
鸡	羁	念	林	恋

【分值：42】

5. 苏轼"老夫聊发少年狂，左牵黄，右擎苍"中的"黄"和"苍"分别指？

（　　）

A 黄马、苍鹰

B 黄犬、苍鹰

C 黄犬、黑犬

【分值：6】

6. "只恐双溪舴艋舟，载不动、许多愁"中"舴艋舟"是什么舟？　　（　　）

A 蚱蜢纹饰的小舟

B 形似蚱蜢的小舟

C 雄伟坚固的战船

【分值：21】

7. 请问以下哪句诗中所提到的植物不会出现在《诗经名物图》中？（　　）

A 杨柳青青江水平，闻郎江上唱歌声。

B 玄都观里桃千树，尽是刘郎去后栽。

C 年年战骨埋荒外，空见蒲萄入汉家。

【分值：28】

8. 李白"名花倾国两相欢，长得君王带笑看"中的"两相欢"形容哪两者之间的关系？　　（　　）

A 唐玄宗和杨贵妃

B 李白和杨贵妃

C 牡丹和杨贵妃

【分值：15】

计算得分：

选手未答出的题目按 15 分计算。

85

个人追逐赛答案、解析与拓展

1 号选手题

1. 答案：海上生明月

本题考查的诗词为：

望月怀远

【唐】张九龄

海上生明月，天涯共此时。

情人怨遥夜，竟夕起相思。

灭烛怜光满，披衣觉露滋。

不堪盈手赠，还寝梦佳期。

干扰项：海日生残夜（【唐】王湾《次北固山下》）。

2. 答案：流水落花春去也

本题考查的诗词为：

浪淘沙

【五代】李煜

帘外雨潺潺，春意阑珊，罗衾不耐五更寒。

梦里不知身是客，一晌贪欢。

独自莫凭栏，无限江山，别时容易见时难。

流水落花春去也，天上人间！

3. 答案：忽闻岸上踏歌声

本题考查的诗词为：

赠汪伦

【唐】李白

李白乘舟将欲行，忽闻岸上踏歌声。

桃花潭水深千尺，不及汪伦送我情。

干扰项：白日放歌须纵酒（【唐】杜甫《闻官军收河南河北》）。

4. 答案：最是一年春好处

本题考查的诗词为：

早春呈水部张十八员外二首·其一

【唐】韩愈

天街小雨润如酥，草色遥看近却无。

最是一年春好处，绝胜烟柳满皇都。

干扰项：一年好景君须记（【宋】苏轼《赠刘景文》）。

5. 答案：B

本题考查的诗词为：

夏日田园杂兴十二首·其七

【宋】范成大

昼出耘田夜绩麻，村庄儿女各当家。

童孙未解供耕织，也傍桑阴学种瓜。

6. 答案：B

本题考查的诗词为：

诗经·豳风·七月（节选）

【先秦】佚名

七月流火，九月授衣。一之日觱发，二之日栗烈。无衣无褐，何以卒岁？三之日于耜，四之日举趾。同我妇子，馌彼南亩，田畯至喜。

解析："流火"指的是大火星（即心宿二）西行，天气转凉。现在人们经常错误地用它来形容天气炎热。

7. 答案：C

本题考查的诗词为：

乐游原

【唐】李商隐

向晚意不适，驱车登古原。

夕阳无限好，只是近黄昏。

登高

【唐】杜甫

风急天高猿啸哀，渚清沙白鸟飞回。

无边落木萧萧下，不尽长江滚滚来。

万里悲秋常作客，百年多病独登台。

艰难苦恨繁霜鬓，潦倒新停浊酒杯。

九日齐山登高

【唐】杜牧

江涵秋影雁初飞，与客携壶上翠微。

尘世难逢开口笑，菊花须插满头归。

但将酩酊酬佳节，不用登临恨落晖。

古往今来只如此，牛山何必独沾衣。

8. 答案：C

本题考查的诗词为：

赤壁

【唐】杜牧

折戟沉沙铁未销，自将磨洗认前朝。

东风不与周郎便，铜雀春深锁二乔。

南园十三首·其五

【唐】李贺

男儿何不带吴钩，收取关山五十州？

请君暂上凌烟阁，若个书生万户侯？

永遇乐·京口北固亭怀古

【宋】辛弃疾

千古江山，英雄无觅孙仲谋处。舞榭歌台，风流总被雨打风吹去。斜阳草树，寻常巷陌，人道寄奴曾住。想当年，金戈铁马，气吞万里如虎。

元嘉草草，封狼居胥，赢得仓皇北顾。四十三年，望中犹记，烽火扬州路。可堪回首，佛狸祠下，一片神鸦社鼓。凭谁问：廉颇老矣，尚能饭否？

解析：图片展示的是五年相邦吕不韦戈，是一种戈，所以C选项正确。

2号选手题

1. 答案：生当作人杰

本题考查的诗词为：

夏日绝句

【宋】李清照

生当作人杰，死亦为鬼雄。

至今思项羽，不肯过江东。

干扰项：人生如逆旅（【宋】苏轼《临江仙》）、昔时人已没（【唐】骆宾王《于易水送人》）。

2. 答案：长使英雄泪满襟

本题考查的诗词为：

蜀相

【唐】杜甫

丞相祠堂何处寻？锦官城外柏森森。

映阶碧草自春色，隔叶黄鹂空好音。

三顾频烦天下计，两朝开济老臣心。

出师未捷身先死，长使英雄泪满襟。

干扰项：天下英雄谁敌手（【宋】辛弃疾《南乡子·登京口北固亭有怀》）。

3. 答案：长河落日圆

本题考查的诗词为：

使至塞上

【唐】王维

单车欲问边，属国过居延。

征蓬出汉塞，归雁入胡天。

大漠孤烟直，长河落日圆。

萧关逢候骑，都护在燕然。

干扰项：落日故人情（【唐】李白《送友人》）。

4. 答案：楼船夜雪瓜洲渡

本题考查的诗词为：

书愤五首·其一

【宋】陆游

早岁那知世事艰，中原北望气如山。

楼船夜雪瓜洲渡，铁马秋风大散关。

塞上长城空自许，镜中衰鬓已先斑。

出师一表真名世，千载谁堪伯仲间！

5. 答案：泥融飞燕子

本题考查的诗词为：

绝句二首·其一

【唐】杜甫

迟日江山丽，春风花草香。

泥融飞燕子，沙暖睡鸳鸯。

干扰项：谁家新燕啄春泥（【唐】白居易《钱塘湖春行》）。

6. 答案：B

本题考查的诗词为：

水调歌头·游泳

【现代】毛泽东

才饮长沙水，又食武昌鱼。万里长江横渡，

极目楚天舒。不管风吹浪打，胜似闲庭信步，今日得宽馀。子在川上曰：逝者如斯夫！

风樯动，龟蛇静，起宏图。一桥飞架南北，天堑变通途。更立西江石壁，截断巫山云雨，高峡出平湖。神女应无恙，当惊世界殊。

解析：《水调歌头·游泳》是毛泽东1956年巡视南方，在武汉三次畅游长江时写下的词。这首词最早发表于1957年1月的《诗刊》，该词描绘了1956年中国积极建设的景象。《三国志·吴书·陆凯传》记载吴主孙皓要把都城从建业（今江苏南京）迁到武昌（今湖北鄂城）。陆凯说："又武昌土地，实危险而瘠确，非王都安国养民之处，船泊则沉漂，陵居则峻危，且童谣曰：宁饮建业水，不食武昌鱼；宁还建业死，不止武昌居。"所以这两句和孙皓迁都有关，B选项正确。

7. 答案：A

本题考查的诗词为：

燕歌行

【唐】高适

汉家烟尘在东北，汉将辞家破残贼。
男儿本自重横行，天子非常赐颜色。
摐金伐鼓下榆关，旌旆逶迤碣石间。
校尉羽书飞瀚海，单于猎火照狼山。
山川萧条极边土，胡骑凭陵杂风雨。
战士军前半死生，美人帐下犹歌舞。
大漠穷秋塞草腓，孤城落日斗兵稀。
身当恩遇恒轻敌，力尽关山未解围。
铁衣远戍辛勤久，玉箸应啼别离后。

少妇城南欲断肠，征人蓟北空回首。
边庭飘飖那可度，绝域苍茫更何有？
杀气三时作阵云，寒声一夜传刁斗。
相看白刃血纷纷，死节从来岂顾勋？
君不见沙场征战苦，至今犹忆李将军。

塞下曲六首·其二

【唐】卢纶

林暗草惊风，将军夜引弓。
平明寻白羽，没在石棱中。

老将行

【唐】王维

少年十五二十时，步行夺得胡马骑。
射杀中山白额虎，肯数邺下黄须儿。
一身转战三千里，一剑曾当百万师。
汉兵奋迅如霹雳，虏骑崩腾畏蒺藜。
卫青不败由天幸，李广无功缘数奇。
自从弃置便衰朽，世事蹉跎成白首。
昔时飞箭无全目，今日垂杨生左肘。
路旁时卖故侯瓜，门前学种先生柳。
苍茫古木连穷巷，寥落寒山对虚牖。
誓令疏勒出飞泉，不似颍川空使酒。
贺兰山下阵如云，羽檄交驰日夕闻。
节使三河募年少，诏书五道出将军。
试拂铁衣如雪色，聊持宝剑动星文。
愿得燕弓射大将，耻令越甲鸣吾君。
莫嫌旧日云中守，犹堪一战取功勋。

解析：C句说命运，而B句说的只是射石一事，与爱惜士卒无关。A句由战士之"忆"烘托出李广对士卒的关爱。

8. 答案：C

本题考查的诗词为：

观田家

【唐】韦应物

微雨众卉新，一雷惊蛰始。
田家几日闲，耕种从此起。
丁壮俱在野，场圃亦就理。
归来景常晏，饮犊西涧水。
饥劬不自苦，膏泽且为喜。
仓廪无宿储，徭役犹未已。
方惭不耕者，禄食出闾里。

立春偶成

【宋】张栻

律回岁晚冰霜少，春到人间草木知。
便觉眼前生意满，东风吹水绿参差。

清明

【唐】杜牧

清明时节雨纷纷，路上行人欲断魂。
借问酒家何处有，牧童遥指杏花村。

你说我猜参考答案：

1. 回眸一笑百媚生，六宫粉黛无颜色。

2. 杜甫

3. 《鹊桥仙》

4. 大风起兮云飞扬，威加海内兮归故乡，安得猛士兮守四方。

5. 《水调歌头》

6. 李清照

7. 《卜算子》

8. 《采桑子》

9. 一顾倾人城，再顾倾人国。

3号选手题

1. 答案：城春草木深

本题考查的诗词为：

春望

【唐】杜甫

国破山河在，城春草木深。
感时花溅泪，恨别鸟惊心。
烽火连三月，家书抵万金。
白头搔更短，浑欲不胜簪。

干扰项：池塘生春草（【南北朝】谢灵运《登池上楼》、草木有本心（【唐】张九龄《感遇》）。

2. 答案：牧童遥指杏花村

本题考查的诗词为：

清明

【唐】杜牧

清明时节雨纷纷，路上行人欲断魂。
借问酒家何处有，牧童遥指杏花村。

干扰项：深巷明朝卖杏花（【宋】陆游《临安春雨初霁》）。

3. 答案：飞入菜花无处寻

本题考查的诗词为：

宿新市徐公店二首

【宋】杨万里

篱落疏疏一径深，树头新绿未成阴。
儿童急走追黄蝶，飞入菜花无处寻。
春光都在柳梢头，拣折长条插酒楼。
便作在家寒食看，村歌社舞更风流。

干扰项：胜日寻芳泗水滨（【宋】朱熹《春日》）。

4. 答案：何须浅碧深红色

本题考查的诗词为：

鹧鸪天·桂花

【宋】李清照

暗淡轻黄体性柔，情疏迹远只香留。何须浅碧深红色，自是花中第一流。

梅定妒，菊应羞，画阑开处冠中秋。骚人可煞无情思，何事当年不见收？

干扰项："需""似"。

5. 答案：A

本题考查的诗词为：

杂诗三首·其二

【唐】王维

君自故乡来，应知故乡事。
来日绮窗前，寒梅著花未？

6. 答案：A

本题考查的诗词为：

行军九日思长安故园

【唐】岑参

强欲登高去，无人送酒来。
遥怜故园菊，应傍战场开。

卜算子·咏梅

【宋】陆游

驿外断桥边，寂寞开无主。已是黄昏独自愁，更著风和雨。

无意苦争春，一任群芳妒。零落成泥碾作尘，只有香如故。

不第后赋菊

【唐】黄巢

待到秋来九月八，我花开后百花杀。
冲天香阵透长安，满城尽带黄金甲。

解析：A句的背景是安史乱军占领长安时，当时岑参正在凤翔军中，准备反攻。因在重阳节思念长安，哀叹故园陷入兵燹杀伐，希望能收复长安，和毛泽东的词句一样有战斗的气质。

7. 答案：A

本题考查的诗词为：

长安古意（节选）

【唐】卢照邻

借问吹箫向紫烟，曾经学舞度芳年。
得成比目何辞死，愿作鸳鸯不羡仙。
比目鸳鸯真可羡，双去双来君不见。
生憎帐额绣孤鸾，好取门帘帖双燕。

琴歌二首

【汉】司马相如

凤兮凤兮归故乡，遨游四海求其皇。
时未遇兮无所将，何悟今兮升斯堂！
有艳淑女在闺房，室迩人遐毒我肠。
何缘交颈为鸳鸯，胡颉颃兮共翱翔！

皇兮皇兮从我栖，得托孳尾永为妃。
交情通体心和谐，中夜相从知者谁？
双翼俱起翻高飞，无感我思使余悲。

齐安郡后池绝句

【唐】杜牧

菱透浮萍绿锦池，夏莺千啭弄蔷薇。
尽日无人看微雨，鸳鸯相对浴红衣。

8．答案：A

本题考查的诗词为：

秋兴八首·其六

【唐】杜甫

瞿塘峡口曲江头，万里风烟接素秋。
花萼夹城通御气，芙蓉小苑入边愁。
珠帘绣柱围黄鹄，锦缆牙樯起白鸥。
回首可怜歌舞地，秦中自古帝王州。

上皇西巡南京歌十首·其八

【唐】李白

秦开蜀道置金牛，汉水元通星汉流。
天子一行遗圣迹，锦城长作帝王州。

永王东巡歌十一首·其四

【唐】李白

龙蟠虎踞帝王州，帝子金陵访古丘。
春风试暖昭阳殿，明月还过鳷鹊楼。

解析：A 句写的是长安，B 句写的是金陵，C 句写的也是金陵。

出口成诗参考答案：

1. 好风凭借力，送我上青云。

2. 纤云弄巧，飞星传恨，银汉迢迢暗渡。

3. 月明星稀，乌鹊南飞。

4. 长安一片月，万户捣衣声。

5. 朱雀桥边野草花，乌衣巷口夕阳斜。

6. 黄鹤楼中吹玉笛，江城五月落梅花。

7. 日啖荔枝三百颗，不辞长作岭南人。

8. 借问酒家何处有，牧童遥指杏花村。

9. 楼船夜雪瓜洲渡，铁马秋风大散关。

10. 劝君莫惜金缕衣，劝君惜取少年时。

11. 八月湖水平，涵虚混太清。

12. 大漠孤烟直，长河落日圆。

4 号选手题

1. 答案：人来鸟不惊

本题考查的诗词为：

画

【唐】王维

远看山有色，近听水无声。

春去花还在，人来鸟不惊。

干扰项：恨别鸟惊心（【唐】杜甫《春望》）。

2. 答案：昔人已乘黄鹤去

本题考查的诗词为：

黄鹤楼

【唐】崔颢

昔人已乘黄鹤去，此地空余黄鹤楼。

黄鹤一去不复返，白云千载空悠悠。

晴川历历汉阳树，芳草萋萋鹦鹉洲。

日暮乡关何处？烟波江上使人愁。

干扰项：此地空余黄鹤楼（【唐】崔颢《黄鹤楼》）。

3. 答案：即从巴峡穿巫峡

本题考查的诗词为：

闻官军收河南河北

【唐】杜甫

剑外忽传收蓟北，初闻涕泪满衣裳。

却看妻子愁何在，漫卷诗书喜欲狂。

白日放歌须纵酒，青春作伴好还乡。

即从巴峡穿巫峡，便下襄阳向洛阳。

4. 答案：羁鸟恋旧林

本题考查的诗词为：

归园田居五首·其一

【晋】陶渊明

少无适俗韵，性本爱丘山。

误落尘网中，一去三十年。

羁鸟恋旧林，池鱼思故渊。

开荒南野际，守拙归园田。

方宅十余亩，草屋八九间。

榆柳荫后檐，桃李罗堂前。

暧暧远人村，依依墟里烟。

狗吠深巷中，鸡鸣桑树颠。

户庭无尘杂，虚室有余闲。

久在樊笼里，复得返自然。

干扰项：鸡鸣桑树颠（【晋】陶渊明《归园田居五首·其一》）。

5. 答案：B

本题考查的诗词为：

江城子·密州出猎

【宋】苏轼

老夫聊发少年狂，左牵黄，右擎苍，锦帽貂裘，千骑卷平冈。为报倾城随太守，亲射虎，看孙郎。

酒酣胸胆尚开张，鬓微霜，又何妨？持节云中，何日遣冯唐？会挽雕弓如满月，西北望，射天狼。

解析：《江城子·密州出猎》是苏轼于密州知州任上所作的一首词。此词表达了强国抗敌的政治主张，抒发了渴望报效朝廷的壮志豪情。上片首句写会猎题意，次句写围猎时的装束和盛况；下片叙述猎后的开怀畅饮，并以魏尚自比，希望能够承担卫国守边的重任。

6. 答案：B

本题考查的诗词为：

武陵春

【宋】李清照

风住尘香花已尽，日晚倦梳头。物是人非事事休，欲语泪先流。

闻说双溪春尚好，也拟泛轻舟。只恐双溪舴艋舟，载不动、许多愁。

解析："舴艋舟"是一种小船，因为小船两头尖尖，中间隆起，看起来很像蚱蜢。

7. 答案：C

本题考查的诗词为：

竹枝词二首·其一

【唐】刘禹锡

杨柳青青江水平，闻郎江上唱歌声。东边日出西边雨，道是无晴还有晴。

玄都观桃花

【唐】刘禹锡

紫陌红尘拂面来，无人不道看花回。玄都观里桃千树，尽是刘郎去后栽。

古从军行

【唐】李颀

白日登山望烽火，黄昏饮马傍交河。行人刁斗风沙暗，公主琵琶幽怨多。野营万里无城郭，雨雪纷纷连大漠。胡雁哀鸣夜夜飞，胡儿眼泪双双落。闻道玉门犹被遮，应将性命逐轻车。年年战骨埋荒外，空见蒲萄入汉家。

解析：杨柳和桃花均在《诗经》中出现过，而C句的"蒲萄"，也就是葡萄，是在汉代时被张骞引入中国的，所以C句中的"蒲萄"不会出现在《诗经名物图》中。

8. 答案：C

本题考查的诗词为：

清平调词三首·其三

【唐】李白

名花倾国两相欢，长得君王带笑看。解释春风无限恨，沉香亭北倚阑干。

解析：《清平调词》共三首，是李白借用牡丹花来赞美杨贵妃的作品。这里的名花指牡丹，倾国指杨贵妃。君王指宠幸杨贵妃的唐玄宗。

攻擂资格争夺赛

VS

钟斯婕：来自福建宁德，是一名初一学生。以154分的总得分获得"个人追逐赛"冠军，进入"攻擂资格争夺赛"。

敬其璋：来自山东滨州，现就读于武汉。在"个人追逐赛"环节，敬其璋在百人团中答题准确率最高，耗时最短，进入第二个环节"攻擂资格争夺赛"。

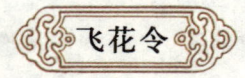

飞花令

天

钟斯婕	敬其璋
天街小雨润如酥，草色遥看近却无。	闻说天台有遗爱，人将琪树比甘棠。
天阶夜色凉如水，卧看牵牛织女星。	月下飞天镜，云生结海楼。
江天一色无纤尘，皎皎空中孤月轮。	七八个星天外，两三点雨山前。
三山半落青天外，二水中分白鹭洲。	越人语天姥，云霞明灭或可睹。
明月出天山，苍茫云海间。	×

请说出含有动物的诗句。

钟斯婕

🌸 乱花渐欲迷人眼，浅草才能没马蹄。

🌸 留连戏蝶时时舞，自在娇莺恰恰啼。

🌸 晴川历历汉阳树，芳草萋萋鹦鹉洲。

🌸 凤凰台上凤凰游，凤去台空江自流。

🌸 黄鹤一去不复返，白云千载空悠悠。

🌸 故人西辞黄鹤楼，烟花三月下扬州。

🌸 鹰击长空，鱼翔浅底，万类霜天竞自由。

🌸 映阶碧草自春色，隔叶黄鹂空好音。

🌸 ✕

敬其璋

🌸 草长莺飞二月天，拂堤杨柳醉春烟。

🌸 到处莺歌燕舞，更有潺潺流水。

🌸 燕子来时新社，梨花落后清明。

🌸 昔人已乘黄鹤去，此地空余黄鹤楼。

🌸 鸟向檐上飞，云从窗里出。

🌸 驱鸡上树木，始闻叩柴荆。

🌸 漠漠水田飞白鹭，阴阴夏木啭黄鹂。

🌸 穿花蛱蝶深深见，点水蜻蜓款款飞。

诗词接龙

董卿：千里莺啼绿映红。 ➡ 敬：红豆生南国。 钟：国破山河在。

➡ 敬：在天愿作比翼鸟。 钟：鸟宿池边树。 ➡ 敬：树阴照水爱晴柔。

钟：柔情似水。 ➡ 敬：水光潋滟晴方好。 钟：好风凭借力。 ➡ 敬：粒粒

皆辛苦。 钟：✕

擂主争霸赛

 VS

敬其璋： 来自山东滨州，在"攻擂资格争夺赛"环节，敬其璋战胜对手钟斯婕，进入第三个环节"擂主争霸赛"。

邓雅文： 前两场擂主邓雅文迎战攻擂者敬其璋，在抢答中，邓雅文率先获得5分，守擂成功，成为本场擂主。

1. 图片线索题，请根据以下图片线索说出一联七言清代诗。

柳

2. 图片线索题，请根据以下图片线索说出一联七言唐诗。

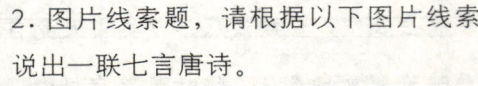

花

3. 图片线索题，请根据以下图片线索说出一联七言宋诗。

风

4. 描述线索题，请根据以下线索说出
一种水果。　　　　（　　　　　）

  (1) 年年役使走红尘

  (2) 仙衣裁剪绛纱新

  (3) 风枝露叶如新采

  (4) 不辞长作岭南人

5. 描述线索题，请根据以下线索说出
一种动物。　　　　（　　　　　）

  (1) 它与一座名楼有关。

  (2) 唐人咏叹它：翱翔一万里，来去
几千年。

  (3) 它引发了刘禹锡的诗情。

  (4) 宋代诗人林逋以它为子。

6. 描述线索题，请根据以下线索说出一个节气名。　　　　　　　　（　　　　　）

(1) "想得家中夜深坐，还应说着远行人"写的是这一天。

(2) "今朝一阳生，明日便数九"与这一节气相关。

(3) "何堪最长夜"反映了这一天的特点。

(4) "天时人事日相催，冬至阳生春又来"含有这个节气名。

7. 描述线索题，请根据以下线索说出一位诗人。　　　　　　　　（　　　　　）

(1) 初唐四杰之一。   (2) 小时有神童之誉。

(3) 他自认为排名应在王勃之前。(4) 写过"宁为百夫长，胜作一书生"的诗句。

8. 描述线索题，请根据以下线索说出一联诗。

(1) 诗是作者攀登一处名胜时所写。

(2) 诗句表达了登高远望时领悟的哲理。

(3) 作者姓王。

(4) 作者还写过"春风又绿江南岸"。

擂主争霸赛答案

1. 草长莺飞二月天，拂堤杨柳醉春烟。
2. 故人西辞黄鹤楼，烟花三月下扬州。
3. 沾衣欲湿杏花雨，吹面不寒杨柳风。
4. 荔枝

5. 鹤
6. 冬至
7. 杨炯
8. 不畏浮云遮望眼，自缘身在最高层。

自我评价

个人追逐赛		攻擂资格争夺赛		擂主争霸赛	
1		飞花令			答对
2					
3		超级飞花令			
4					道题

一语天然万古新·嘉宾点评

浪淘沙

【五代】李煜

帘外雨潺潺，春意阑珊，罗衾不耐五更寒。梦里不知身是客，一晌贪欢。

独自莫凭栏，无限江山，别时容易见时难。流水落花春去也，天上人间！

诗词国度的皇帝

如果说"海上生明月"只是遭贬时的抒怀，那这"天上人间"就是亡国时的哀歌了。而且我在想，失了青春容貌也好，失了爱情、友情也罢，可能都没有失了江山那么残酷。但是也有很多人说李煜就是因为丢了江山，才成了诗词国度的皇帝。 （董卿）

扫一扫
听专家现场讲解

李煜的人生应该是以他的三十九岁，也就是亡国的那一年为界，分了上半场和下半场。上半场是天上，下半场是人间。而对于李煜来说，丢了江山其实就是丢了一切，因为他人生的一切，都是跟他的江山息息相关的。 （杨雨）

夏日田园杂兴十二首·其七

【宋】范成大

昼出耘田夜绩麻，村庄儿女各当家。童孙未解供耕织，也傍桑阴学种瓜。

劳作与季节

墨子说农夫春耕、夏耘、秋敛、冬藏，意思是说农民在每个季节都有每个季节该干的活儿。"耕，犁也"，就

雨中山色图（局部） 纸本
【明】李流芳

是犁田。"耘,除也",就是除草。所以农民在不同的季节干不同的事情。而且除了耘田和耕田之外,还有织麻和绩麻。其实一般来说,麻不用织,"织"指的是用纱或者线,来做成布、绸这样的丝织品。而"绩"就是把麻搓成绳或者线,所以麻它对应的那个动词,一般就是用"绩",而不会用"织",像我们比较熟悉的一首诗,《诗经·豳风·七月》里面就有说"八月载绩"。前人有注解"丝事毕而麻事起矣",到八月份的时候呢,就是纺纱织布已经结束了而绩麻又开始了,所以你看农村的生活,跟着季节天气的变化在不断地变化,所以农民是很辛苦的。(杨雨)

牧牛图页　绢本
【宋】李唐

夏日绝句

【宋】李清照

生当作人杰,死亦为鬼雄。
至今思项羽,不肯过江东。

过江思项羽

项羽一生最有名的事件是乌江自刎,所以我们今天看咏叹项羽的诗,提到最多的都是乌江亭、乌江。这首诗的题目叫《夏日绝句》,李清照在这里边肯定了项羽,说项羽生为人杰,死为鬼雄。"人杰"这个词出自《史记·高祖本纪》,刘邦当了皇帝以后,召集的第一次御前会议,就提了一个问题,问他手下的大臣们,你们说我为什么能够打败项羽?大臣们说了很多意见,刘邦都否定了。刘邦说天下有三个人杰:一个是张良,运筹帷幄之中,决胜千里之外;一个是萧何,能够保证供给;一个是韩信,连百万之兵,战必胜、攻必克,此三者皆为"人杰"。而他们能为我所用,所以我才能打败项羽。"人杰"这个典故就出自这儿,所以可见能够成为人杰的人是少之又少。"鬼雄"出自《楚辞》,用来赞誉为国捐躯的人。人中豪杰,鬼中雄杰,都是极其难得的人,而项羽同既是"人杰"又是"鬼雄",所以李清照到过江的时候,非常思念项羽。(王立群)

蜀相

【唐】杜甫

丞相祠堂何处寻？锦官城外柏森森。
映阶碧草自春色，隔叶黄鹂空好音。
三顾频烦天下计，两朝开济老臣心。
出师未捷身先死，长使英雄泪满襟。

出师未捷身先死

对于同一段历史，不同的诗人，不同时代的人，可能会做出截然不同的判断。比如说我们一谈起诸葛亮，大多数人就会想到他辅助刘备，然后想到魏、蜀、吴，三国鼎足而分天下，觉得那是一段辉煌的历史。但是你看杜甫写《蜀相》，他居然着眼于诸葛亮最后北伐的失败，"出师未捷身先死"，尤其是诸葛亮的《出师表》，让很多人感慨泪下。杜甫写这首诗是在安史之乱之后，他自认为自己是一位贤者和智者，他希望能够出仕辅助唐肃宗安邦定国，但是他没有这样的机会。所以我认为，他写"出师未捷身先死，长使英雄泪满襟"的时候，未尝没有包含他自己内心一种英雄失落的感慨。（杨雨）

扫一扫
听专家现场讲解

水调歌头·游泳

【现代】毛泽东

才饮长沙水，又食武昌鱼。万里长江横渡，极目楚天舒。不管风吹浪打，胜似闲庭信步，今日得宽馀。子在川上曰：逝者如斯夫！

风樯动，龟蛇静，起宏图。一桥飞架南北，天堑变通途。更立西江石壁，截断巫山云雨，高峡出平湖。神女应无恙，当惊世界殊。

走向世界之巅的"桥梁"

其实当时孙皓把都城从建业，也就是今天的南京，迁到武昌的时候，陆凯就引用了一首童谣说："宁饮建业水，不食武昌鱼。"其实倒不是说建业

江山卧游图（局部）　纸本
【清】程正揆

跟武昌这两座城市有什么高下的比较，只是在当时的形势之下，陆凯觉得迁都更合适。**（杨雨）**

"一桥飞架南北，天堑变通途"说的就是咱们国家的武汉长江大桥，这也是长江上建起的第一座大桥。在那个时候，我们国家还没有一个像样的建桥机构，完全没有。我们是把一些刚刚从上海交大、上海同济、中南土木建筑学院毕业的学生，加上一些工程师，加上一千多名复员军人、铁道兵，给组成了一支建设队伍。而且特别有意思的是，那时候这支建设队伍，既没法说湖北话，也说不了标准的普通话，他们就形成了自己独特的语言，叫"铁话"。后来这座桥建完了之后，长江沿岸工棚拆除，建了新村，叫建设新村，在那个建设新村里还有很长一段时间流行说"铁话"，很有意思。到现在你看2018年港珠澳大桥都顺利通车了，我觉得中国桥梁建设史也是中国人自力更生艰苦奋斗的创业史，我们完成了从零的突破，到走向世界之巅的宏伟篇章。**（董卿）**

春望

【唐】杜甫

国破山河在，城春草木深。
感时花溅泪，恨别鸟惊心。
烽火连三月，家书抵万金。
白头搔更短，浑欲不胜簪。

乱世情怀

我们对《春望》都比较熟悉，中小学的时候就背诵过。它的背景可能大家也比较熟，在安史之乱爆发之后，唐玄宗、杨贵妃已经逃出长安，然后长安沦陷，太子李亨登基当了皇帝，遥尊唐玄宗为太上皇。李亨也就是后来的唐肃宗。杜甫本来也在逃难的人潮当中，但他得知这个消息后，就把妻子安顿在鄜州的羌村，然后独自一人北上，想去投奔新登基的皇帝唐肃宗，他希望能够在这种乱世当中报效国家，可是没想到在半路当中被叛军俘虏，然后被押解到当时已经沦陷的长安。就这样，他跟朝廷，跟他的妻子儿女都完全失去了联系，所以他在这个时候写下了"国破山河在，城春草木深"。他亲眼看到沦陷之后的长安，一片废墟、生灵涂炭。这首诗里面，有两句是特别感人的："烽火连三月，家书抵万金。"那时他不仅仅是收不到家书，他甚至都不知道妻子是否知道他现在在何处飘零，不知道他妻子的安危、孩子的安危。在这种情况下，杜甫还在忧国忧民，所以说杜甫在乱世当中的那种情怀，真的是让人震撼。**（杨雨）**

扫一扫
听专家现场讲解

鹧鸪天·桂花

【宋】李清照

暗淡轻黄体性柔，情疏迹远只香

留。何须浅碧深红色，自是花中第一流。

梅定妒，菊应羞，画阑开处冠中秋。骚人可煞无情思，何事当年不见收？

从花中看心境

李清照是一个爱花的人，但为什么李清照在这首诗中间，偏偏把桂花称为"自是花中第一流"的花呢？这是因为李清照到晚年了，经历了国破、家亡，经历了重重打击，最后她在桂花身上看到了自己的影子。这恰恰是李清照内心的一种折射，非常符合她晚年的心境。一个爱花的人一生中间可能爱过许多花，而在经历过人生的大起大落以后，心境就不同了，对花的喜爱，也就发生了些许变化。所以这首诗大概也是我们了解李清照晚年心境的一个窗口。（王立群）

桂菊山禽图　绢本
【明】吕纪

行军九日思长安故园

【唐】岑参
强欲登高去，无人送酒来。
遥怜故园菊，应傍战场开。

能上战场的边塞诗人

安史之乱之后长安已经沦陷了，岑参却还在凤翔，所以他内心非常牵挂长安。这首诗的原意是说故园的菊花还在战场上开着，但人们已经不能能像以往长安繁华富庶的时候那样一起去赏菊了，不会有那样开心快乐的场景了。但其实除了这层含义之外，这诗也蕴含着要将故园收复的战斗气质。因为岑参是真正在边塞从军的一位边塞诗人，所以他诗中其实暗含了要收复长安的斗志，他不想让长安的菊花无人观赏。（杨雨）

江城子·密州出猎

【宋】苏轼

老夫聊发少年狂，左牵黄，右擎苍，锦帽貂裘，千骑卷平冈。为报倾城随太守，亲射虎，看孙郎。

酒酣胸胆尚开张，鬓微霜，又何妨？持节云中，何日遣冯唐？会挽雕弓如满月，西北望，射天狼。

苏轼之"狂"

我个人最欣赏的是苏轼在这首词中间表现出来的精神面貌，他的精神面貌和这首词的主旨是一样的，用一个字来形容就是"狂"。"狂"是这首词最吸引人的地方，"狂"在这首词中间，有两重含义：一个是现实中的围猎，一个是期待中的"射天狼"，这两个方面都表现了"狂"。现实中的围猎是苏轼一出来，整个密州城的老百姓都出来了，都要来看他，这说明苏轼还是有很多"粉丝"的，所以这是写他现实中的射猎之狂。另外他还有一个期待之中的"狂"，他期待之中希望能够"射天狼"。天狼指代的是当时对北宋威胁最大的两个国家，一个是西夏，一个是辽，他希望能够把这两颗天狼星给打下去、射下去，这又是一种"狂"。所以苏轼的"狂"，从始至终贯穿全篇，而这种"狂"在苏轼

扫一扫
听专家现场讲解

这首词中间，是用酒做媒介的。酒壮人胆，喝了酒以后更狂了，所以苏轼打猎、写词的时候他狂放、狂傲的劲头全出来了。苏轼在其他很多词中间，也说自己"狂"，苏轼这首词的"狂"，也是苏轼身上我最欣赏的狂放精神。

（王立群）

挟弹游骑图（局部）　纸本
【元】赵雍

第四场

读书不觉已春深，一寸光阴一寸金 [1]

　　光阴之所以宝贵，是因为它匆匆流逝，不会因为任何一个人而停下脚步，"子在川上曰：逝者如斯夫" [2]，"盛年不重来，一日难再晨" [3]，"高堂明镜悲白发，朝如青丝暮成雪" [4]。一代又一代的诗人在感叹着韶光易逝，而面对物转星移，面对如白驹过隙般的光阴，我们唯一能做的就是珍惜。时光会带走一切，时光也会给予一切，就让我们在《中国诗词大会》花开四季的舞台上，感恩时光的馈赠，采撷最美的诗意！

——董卿（《中国诗词大会》主持人）

扫一扫
看专家现场致辞

1　《白鹿洞二首·其一》【唐】王贞白
　　读书不觉已春深，一寸光阴一寸金。不是道人来引笑，周情孔思正追寻。

2　《水调歌头·游泳》【现代】毛泽东
　　才饮长沙水，又食武昌鱼。万里长江横渡，极目楚天舒。不管风吹浪打，胜似闲庭信步，今日得宽馀。子在川上曰：逝者如斯夫！
　　风樯动，龟蛇静，起宏图。一桥飞架南北，天堑变通途。更立西江石壁，截断巫山云雨，高峡出平湖。神女应无恙，当惊世界殊。

3　《杂诗十二首·其一》【晋】陶渊明
　　人生无根蒂，飘如陌上尘。分散逐风转，此已非常身。落地为兄弟，何必骨肉亲！得欢当作乐，斗酒聚比邻。盛年不重来，一日难再晨。及时当勉励，岁月不待人。

4　《将进酒》【唐】李白
　　君不见黄河之水天上来，奔流到海不复回。君不见高堂明镜悲白发，朝如青丝暮成雪。人生得意须尽欢，莫使金樽空对月。天生我材必有用，千金散尽还复来。烹羊宰牛且为乐，会须一饮三百杯。
　　岑夫子，丹丘生，将进酒，杯莫停。与君歌一曲，请君为我倾耳听。钟鼓馔玉不足贵，但愿长醉不愿醒。古来圣贤皆寂寞，惟有饮者留其名。陈王昔时宴平乐，斗酒十千恣欢谑。主人何为言少钱，径须沽取对君酌。五花马、千金裘，呼儿将出换美酒，与尔同销万古愁。

刚才董卿讲了光阴的故事，我一直觉得在光阴里最重要的是不忘初心，所以在来的路上我还写了一首自明本志的小诗，给大家分享一下。诗云："数卷诗词论古今，几行话语写光阴。一溪云水三生意，万古沧溟四海心。"

——郦波（南京师范大学文学院教授、博士生导师）

"春水满四泽，夏云多奇峰。秋月扬明辉，冬岭秀寒松。"[5] 希望我们在座的选手和我们的观众朋友，少年能够像春水满溢，青年能够像夏云奇丽，中年能够像秋月皎洁，晚年能够像寒松挺立。

——蒙曼（中央民族大学历史文化学院教授、北京大学历史学博士）

扫一扫
看专家现场致辞

---

5 《四时》【晋】陶渊明
　　春水满四泽，夏云多奇峰。秋月扬明辉，冬岭秀寒松。

诗词之乐何处寻?

个人追逐赛

1号选手

孙　博

葵藿倾太阳，物性固莫夺。

自京赴奉先县咏怀五百字（节选）

【唐】杜甫

当今廊庙具，构厦岂云缺？

葵藿倾太阳，物性固莫夺。

孙　博：来自甘肃平凉，是福建师范大学中国语言文学专业大一学生。孙博最早是在《三国演义》里接触到了诗词。在"个人追逐赛"环节共答对 6 道题，得分 177 分，获得"个人追逐赛"冠军，并进入"攻擂资格争夺赛"环节。

1. 请从以下九个字中识别一句词。

莫	道	不
销	逾	十
君	行	早

【分值：28】

2. 请从以下十二个字中识别一句七言唐诗。

一	悠	白	空
千	日	片	闲
悠	云	潭	载

【分值：30】

3. 请从以下九个字中识别一句五言唐诗。

清	秋	石
上	起	舞
泉	弄	流

【分值：15】

4. 请对上句。

归	雁	入	胡	天
出	孤	塞	烟	蓬
大	征	赛	汉	漠

【分值：15】

5. 陆游诗"山重水复疑无路，柳暗花明又一村"中的"山"现在位于哪个省？　（　　）

A 山西省

B 陕西省

C 浙江省

【分值：59】

6. 下列诗句中，哪一项是正确的？　（　　）

A 天下三分明月夜，二分无奈是扬州。

B 天下三分明月夜，二分无耐是扬州。

C 天下三分明月夜，二分无赖是扬州。

【分值：13】

7. 李白诗"天台四万八千丈，对此欲倒东南倾"的意思是？　（　　）

A 天台山比天姥山高。

B 天姥山比天台山高。

C 天台山与天姥山一样高。

【分值：32】

8. 古诗词中常用鲈鱼表达辞官归故乡的念头，请问下列哪一项中的鲈鱼表达了这样的意思？　（　　）

A 休说鲈鱼堪脍，尽西风，季鹰归未？

B 江上往来人，但爱鲈鱼美。

C 一尺鲈鱼新钓得，儿孙吹火荻花中。

【分值：15】

计算得分：

选手未答出的题目按15分计算。

2号选手

程丝语

平生闲过日将日、欲老始知吾负吾。

遣怀寄欧阳秀才

【唐】刘威

地上江河天上乌，百年流转只须史。

平生闲过日将日，欲老始知吾负吾。

似豹一班时或有，如龟三顾岂全无。

古来晚达人何限，莫笑空枝犹望苏。

程丝语： 来自新疆乌鲁木齐，现在是中国农业银行的一名员工。在"个人追逐赛"环节共答对 6 道题，得分 157 分。

1. 请从以下九个字中识别一句五言唐诗。

海	故	乡
月	升	明
识	是	上

2. 请从以下十二个字中识别一句七言唐诗。

山	楼	山	欲
外	西	来	外
青	风	满	雨

【分值：30】　　　　　　　　　　　　　　　　　【分值：47】

3. 请从以下九个字中识别一句五言晋朝诗。

赠	眠	春
不	一	绝
枝	聊	晓

【分值：26】

4. 请对上句。

便	胜	却	人	间	无	数
露	相	一	金	凤		
今	风	逢	又	玉		

【分值：24】

5. 下列词句，哪一项是正确的？（　　）

A 绿杨荫外晓寒侵，红杏枝头春意闹。

B 绿杨荫外晓寒轻，红杏枝头春意闹。

C 绿杨烟外晓寒轻，红杏枝头春意闹。

【分值：15】

6. 诗人崔护在一个节日里邂逅美女，上演了"人面桃花"的动人故事，请问这个节日最可能是？（　　）

A 元宵节

B 清明节

C 端午节

【分值：15】

7. 请问下列哪一项描写的是中秋节？（　　）

A 中庭地白树栖鸦，冷露无声湿桂花。

B 可怜九月初三夜，露似真珠月似弓。

C 千门万户曈曈日，总把新桃换旧符。

【分值：15】

8. 李白诗句"借问汉宫谁得似？可怜飞燕倚新妆"用赵飞燕来衬托下列哪位美女？（　　）

A 虢国夫人

B 杨贵妃

C 陈阿娇

【分值：15】

计算得分：

选手未答出的题目按15分计算。

河

横扫千军

选手与 12 位百人团选手对抗飞花令，需要 5 秒内说出诗句。

敬其璋
今古河山无定据，画角声中，牧马频来去。

程丝语
黄河远上白云间，一片孤城万仞山。

陈更
不闻爷娘唤女声，但闻黄河流水鸣溅溅。

君不见黄河之水天上来，奔流到海不复回。

周浚哲
白日依山尽，黄河入海流。

大漠孤烟直，长河落日圆。

李厉行
四十年来家国，三千里地山河。

云母屏风烛影深，长河渐落晓星沉。

李怡娟
国破山河在，城春草木深。

渐霜风凄紧，关河冷落，残照当楼。

宋红日
山河破碎风飘絮，身世浮沉雨打萍。

关河梦断何处，尘暗旧貂裘。

吕亚琴
扁舟去作鸱夷子，回首河山意黯然。

彩舟云淡，星河鹭起，画图难足。

黄海亦
青青河畔草，郁郁园中柳。

天接云涛连晓雾，星河欲转千帆舞。

邱毓丽
夜阑卧听风吹雨，铁马冰河入梦来。

向河梁，回头万里，故人长绝。

仝礼允
青青河畔草，绵绵思远道。

河汉清且浅，相去复几许。

靳舒馨
旦辞黄河去，暮至黑山头。

可怜无定河边骨，犹是春闺梦里人。

杨赞
大河上下，顿失滔滔。

关关雎鸠，在河之洲。

3号选手

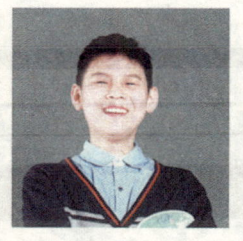 

马思涵

宣父犹能畏后生，丈夫未可轻年少。

上李邕

【唐】李白

大鹏一日同风起，扶摇直上九万里。

假令风歇时下来，犹能簸却沧溟水。

世人见我恒殊调，见余大言皆冷笑。

宣父犹能畏后生，丈夫未可轻年少。

马思涵： 来自浙江杭州，是英国剑桥柯勒律治学院八年级学生。异国求学的马思涵希望可以和更多国内外的小伙伴一起分享诗词的音韵平仄之美。在"个人追逐赛"环节共答对 6 道题，得分 75 分。

1. 请从以下九个字中识别一句五言唐诗。

2. 请从以下十二个字中识别一句七言唐诗。

鸟	众	飞
山	尽	月
出	绝	千

杜	鹃	声	啼
猿	里	托	血
望	春	心	帝

【分值：9】

【分值：14】

3. 请从以下九个字中识别一句五言南北朝诗。

池　故　生
鱼　思　草
春　源　塘

【分值：15】

4. 请对上句。

夜　静　春　山　空
桂　洛　惊　花　闲
鸟　落　人　嫌　来

【分值：5】

5. "楼船夜雪瓜州渡，铁马秋风大散关"中哪个字是错的？　（　）

A 州×——洲

B 铁×——胡

C 渡×——度

【分值：17】

6. 在下列含有动物的诗词中，哪一项描写的不是春天？　（　）

A 独怜幽草涧边生，上有黄鹂深树鸣。

B 西塞山前白鹭飞，桃花流水鳜鱼肥。

C 绿满山原白满川，子规声里雨如烟。

【分值：15】

7. 古人也有很多猫奴，以下哪联诗中的"狸"不是指家猫？　（　）

A 溪柴火软蛮毡暖，我与狸奴不出门。

B 乘赤豹兮从文狸，辛夷车兮结桂旗。

C 裹盐迎得小狸奴，尽护山房万卷书。

【分值：15】

8. 下列哪一联适合形容培育人才？　（　）

A 余既滋兰之九畹兮，又树蕙之百亩。

B 桃李春风一杯酒，江湖夜雨十年灯。

C 榆柳荫后檐，桃李罗堂前。

【分值：15】

计算得分：

选手未答出的题目按 15 分计算。

4 号选手

曹雪莲

问渠那得清如许？为有源头活水来。

观书有感二首·其一

【宋】朱熹

半亩方塘一鉴开，天光云影共徘徊。

问渠那得清如许？为有源头活水来。

曹雪莲： 来自北京，是北京市自来水集团的一名员工。曹雪莲的工作就是查水表、抄水表。她来到诗词大会就是为了给她的女儿做榜样，希望女儿也能爱诗词、读诗词！在"个人追逐赛"环节共答对 6 道题，得分 88 分。

1. 请从以下九个字中识别一句五言唐诗。

天	敲	雁
门	月	黑
飞	下	僧

【分值：16】

2. 请从以下十二个字中识别一句七言唐诗。

堂	上	自	去
时	燕	旧	还
休	王	前	谢

【分值：18】

3. 请从以下十二个字中识别一句七言宋诗。

光	兴	景	春
四	云	不	同
与	时	佳	风

【分值：15】

4. 请对上句。

虫	声	新	透	绿	窗	纱
气	今	未	春	夜
偏	汽	知	昨	暖

【分值：26】

5. 请问以下哪一项描写的是家书？　（　　）

A 梦为远别啼难唤，书被催成墨未浓。

B 复恐匆匆说不尽，行人临发又开封。

C 我居北海君南海，寄雁传书谢不能。

【分值：16】

6. 毛泽东诗"天若有情天亦老，人间正道是沧桑"中"沧桑"指的是？（　　）

A 人间的巨大变化

B 日出之处的通天树

C 河北沧州的别称

【分值：8】

7. 下列诗句中，描写家庭悠闲生活的是？　（　　）

A 最喜小儿亡赖，溪头卧剥莲蓬。

B 唧唧复唧唧，木兰当户织。

C 妇姑荷箪食，童稚携壶浆。

【分值：4】

8. 曹植《白马篇》中"仰手接飞猱，俯身散马蹄"中的"马蹄"指的是？（　　）

A 马脚

B 蹄印

C 箭靶

【分值：15】

计算得分：

选手未答出的题目按 15 分计算。

个人追逐赛答案、解析与拓展

1号选手题

1. 答案：莫道君行早

本题考查的诗词为：

清平乐·会昌

【现代】毛泽东

东方欲晓，莫道君行早。踏遍青山人未老，风景这边独好。

会昌城外高峰，颠连直接东溟。战士指看南粤，更加郁郁葱葱。

干扰项：莫道不销魂（【宋】李清照《醉花阴》）、君行逾十年（【魏】曹植《七哀诗》）。

2. 答案：白云千载空悠悠

本题考查的诗词为：

黄鹤楼

【唐】崔颢

昔人已乘黄鹤去，此地空余黄鹤楼。
黄鹤一去不复返，白云千载空悠悠。
晴川历历汉阳树，芳草萋萋鹦鹉洲。
日暮乡关何处是？烟波江上使人愁。

干扰项：白云一片去悠悠（【唐】张若虚《春江花月夜》）、闲云潭影日悠悠（【唐】王勃《滕王阁诗》）。

3. 答案：清泉石上流

本题考查的诗词为：

山居秋暝

【唐】王维

空山新雨后，天气晚来秋。
明月松间照，清泉石上流。
竹喧归浣女，莲动下渔舟。
随意春芳歇，王孙自可留。

干扰项：起舞弄清影（【宋】苏轼《水调歌头》）。

4. 答案：征蓬出汉塞

本题考查的诗词为：

使至塞上

【唐】王维

单车欲问边，属国过居延。
征蓬出汉塞，归雁入胡天。
大漠孤烟直，长河落日圆。
萧关逢候骑，都护在燕然。

干扰项："赛"。

5. 答案：C

本题考查的诗词为：

游山西村

【宋】陆游

莫笑农家腊酒浑，丰年留客足鸡豚。

山重水复疑无路，柳暗花明又一村。

箫鼓追随春社近，衣冠简朴古风存。

从今若许闲乘月，拄杖无时夜叩门。

解析：诗的题目是《游山西村》，容易使人误会这首诗是在山西省写的。其实这首诗是诗人蛰居山阴（今浙江绍兴市）农村时所作。

6. 答案：C

本题考查的诗词为：

忆扬州

【唐】徐凝

萧娘脸下难胜泪，桃叶眉头易得愁。

天下三分明月夜，二分无赖是扬州。

解析：这里的"无赖"似憎实爱，语带亲昵，表示扬州之可爱撩人，难以割舍。

7. 答案：B

本题考查的诗词为：

梦游天姥吟留别（节选）

【唐】李白

海客谈瀛洲，烟涛微茫信难求；越人语天姥，云霞明灭或可睹。天姥连天向天横，势拔五岳掩赤城。天台四万八千丈，对此欲倒东南倾。

解析：李白在这首诗中是说天姥山的气势超过了五岳，高耸的天台山与天姥山相比，也显得低了很多。

8. 答案：A

本题考查的诗词为：

水龙吟·登建康赏心亭

【宋】辛弃疾

楚天千里清秋，水随天去秋无际。遥岑远目，献愁供恨，玉簪螺髻。落日楼头，断鸿声里，江南游子。把吴钩看了，栏杆拍遍，无人会，登临意。

休说鲈鱼堪脍，尽西风，季鹰归未？求田问舍，怕应羞见，刘郎才气，可惜流年，忧愁风雨，树犹如此！倩何人唤取，红巾翠袖，揾英雄泪？

江上渔者

【宋】范仲淹

江上往来人，但爱鲈鱼美。

君看一叶舟，出没风波里。

淮上渔者

【唐】郑谷

白头波上白头翁，家逐船移浦浦风。

一尺鲈鱼新钓得，儿孙吹火荻花中。

解析：A句用张翰（即张季鹰）思念鲈鱼的典故，表达辞官归故乡之念。《世说新语·识鉴篇》："张季鹰辟齐王东曹掾，在洛，见秋风起，因思吴中菰菜羹、鲈鱼脍，曰：'人生贵得适意尔，何能羁宦数千里以要名爵？'遂命驾便归。俄而齐王败，时人皆谓见机。"后来的文人将思念家乡称为莼鲈之思。更让辛弃疾悲愤的是自己的家乡在金人统治之下，有家难归。B句写的是江上捕鱼人的艰辛，与思乡无关。C句是写淮河上的渔人钓得鲈鱼，儿孙在荻花中吹火煮鱼的场景。

2号选手题

1. 答案：月是故乡明

本题考查的诗词为：

月夜忆舍弟

【唐】杜甫

戌鼓断人行，秋边一雁声。

露从今夜白，月是故乡明。

有弟皆分散，无家问死生。

寄书长不达，况乃未休兵。

干扰项：海上生明月（【唐】张九龄《望月怀远》）。

2. 答案：山雨欲来风满楼

本题考查的诗词为：

咸阳城东楼

【唐】许浑

一上高城万里愁，蒹葭杨柳似汀洲。

溪云初起日沉阁，山雨欲来风满楼。

鸟下绿芜秦苑夕，蝉鸣黄叶汉宫秋。

行人莫问当年事，故国东来渭水流。

干扰项：山外青山楼外楼（【宋】林升《题临安邸》）。

3. 答案：聊赠一枝春

本题考查的诗词为：

赠范晔

【魏】陆凯

折花逢驿使，寄与陇头人。

江南无所有，聊赠一枝春。

干扰项：春眠不觉晓（【唐】孟浩然《春晓》）。

4. 答案：金风玉露一相逢

本题考查的诗词为：

鹊桥仙

【宋】秦观

纤云弄巧，飞星传恨，银汉迢迢暗度。金风玉露一相逢，便胜却人间无数。

柔情似水，佳期如梦，忍顾鹊桥归路。两情若是久长时，又岂在朝朝暮暮。

干扰项："今""凤"。

5. 答案：C

本题考查的诗词为：

玉楼春·春景

【宋】宋祁

东城渐觉风光好，皱縠波纹迎客棹。绿杨烟外晓寒轻，红杏枝头春意闹。

浮生长恨欢娱少，肯爱千金轻一笑？为君持酒劝斜阳，且向花间留晚照。

6. 答案：B

解析："人面桃花"的故事出自晚唐孟棨《本事诗》："博陵崔护，姿质甚美，而孤洁寡合。举进士下第。清明日，独游都城南，得居人庄。一亩之宫，而花木丛萃，寂若无人。扣门久之，有女子自门隙窥之，问曰：'谁耶？'以姓字对，曰：'寻春独

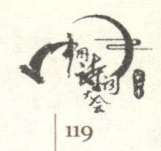

行，酒渴求饮。'女入，以杯水至，开门，设床命坐，独倚小桃柯伫立，而意属殊厚，妖姿媚态，绰有余妍。崔以言挑之，不对，目注者久之。崔辞去，送至门，如不胜情而入。崔亦眷盼而归，尔后绝不复至。及来岁清明日，忽思之，情不可抑，径往寻之。门墙如故，时已锁扃之。因题诗于左扉曰：'去年今日此门中，人面桃花相映红。人面只今何处去，桃花依旧笑春风。'后数日，偶至都城南，复往寻之，闻其中有哭声，扣门问之，有老父出，曰：'君非崔护邪？'曰：'是也。'又哭曰：'君杀吾女。'护惊起，莫知所答。老父曰：'吾女笄年知书，未适人。自去年以来，常恍惚若有所失。比日与之出，及归，见左扉有字，读之，入门而病，遂绝食数日而死。吾老矣，此女所以不嫁者，将求君子以托吾身，今不幸而殒，得非君杀之耶？'又持崔大哭。崔亦感恸，请入哭之。尚俨然在床。崔举其首，枕其股，哭而祝曰：'某在此，某在此！'须臾开目，半日复活。老父大喜，遂以女归之。"也可用排除法：元宵节、端午节的时候，桃花基本不会开放。

7. 答案：A

本题考查的诗词为：

十五夜望月寄杜郎中

【唐】王建

中庭地白树栖鸦，冷露无声湿桂花。

今夜月明人尽望，不知秋思在谁家？

暮江吟

【唐】白居易

一道残阳铺水中，半江瑟瑟半江红。

可怜九月初三夜，露似真珠月似弓。

元日

【宋】王安石

爆竹声中一岁除，春风送暖入屠苏。

千门万户曈曈日，总把新桃换旧符。

解析：A 句描写的是中秋节，B 句描写的是九月初三的夜晚，C 句描写的是春节。

8. 答案：B

本题考查的诗词为：

清平调词三首·其二

【唐】李白

一枝秾艳露凝香，云雨巫山枉断肠。

借问汉宫谁得似？可怜飞燕倚新妆。

解析：这一组《清平调词》的主人公是杨贵妃，这句是说汉代宫中汉成帝的皇后赵飞燕要靠新颖别致的妆容才能和杨贵妃的美貌相比。

3 号选手题

1．答案：千山鸟飞绝

本题考查的诗词为：

江雪

【唐】柳宗元

千山鸟飞绝，万径人踪灭。

孤舟蓑笠翁，独钓寒江雪。

干扰项：众鸟高飞尽（【唐】李白《独坐敬亭山》）、月出惊山鸟（【唐】王维《鸟鸣涧》）。

2．答案：望帝春心托杜鹃

本题考查的诗词为：

锦瑟

【唐】李商隐

锦瑟无端五十弦，一弦一柱思华年。

庄生晓梦迷蝴蝶，望帝春心托杜鹃。

沧海月明珠有泪，蓝田日暖玉生烟。

此情可待成追忆，只是当时已惘然。

干扰项：杜鹃啼血猿哀鸣（【唐】白居易《琵琶行》）、杜鹃声里斜阳暮（【宋】秦观《踏莎行》）。

3．答案：池塘生春草

本题考查的诗词为：

登池上楼

【南北朝】谢灵运

潜虬媚幽姿，飞鸿响远音。

潜宵愧云浮，栖川怍渊沉。

进德智所拙，退耕力不任。

徇禄反穷海，卧病对空林。

衾枕昧节候，褰开暂窥临。

倾耳聆波澜，举目眺岖嵚。

初景革绪风，新阳改故阴。

池塘生春草，园柳变鸣禽。

祁祁伤豳歌，萋萋感楚吟。

索居易永久，离群难处心。

持操岂独古，无闷征在今。

干扰项：池鱼思故渊（【晋】陶渊明《归园田居五首》）。

4．答案：人闲桂花落

本题考查的诗词为：

鸟鸣涧

【唐】王维

人闲桂花落，夜静春山空。

月出惊山鸟，时鸣春涧中。

干扰项：人来鸟不惊（【唐】王维《画》）。

5．答案：A

本题考查的诗词为：

书愤五首·其一

【宋】陆游

早岁那知世事艰，中原北望气如山。

楼船夜雪瓜洲渡，铁马秋风大散关。

塞上长城空自许，镜中衰鬓已先斑。
出师一表真名世，千载谁堪伯仲间！

解析：这里是指古代的古瓜洲渡口。

6. 答案：C

本题考查的诗词为：

滁州西涧

【唐】韦应物

独怜幽草涧边生，上有黄鹂深树鸣。
春潮带雨晚来急，野渡无人舟自横。

渔歌子

【唐】张志和

西塞山前白鹭飞，桃花流水鳜鱼肥。
青箬笠，绿蓑衣，斜风细雨不须归。

乡村四月

【宋】翁卷

绿满山原白满川，子规声里雨如烟。
乡村四月闲人少，才了蚕桑又插田。

解析：A 句出自韦应物《滁州西涧》，是写草生涧边，春潮带雨，可见是春天。B 句出自张志和《渔歌子》，写的是暮春。C 句出自翁卷《乡村四月》，是在四月写的，已经是夏天了。

拓展：子规是杜鹃鸟的别名，杜鹃鸟身体黑灰色，尾巴有白色斑点，腹部有黑色横纹。初夏时常昼夜不停地叫，叫声好像在说"不如归去"，所以也叫布谷鸟。

7. 答案：B

本题考查的诗词为：

十一月四日风雨大作二首·其一

【宋】陆游

风卷江湖雨暗村，四山声作海涛翻。
溪柴火软蛮毡暖，我与狸奴不出门。

九歌·山鬼

【先秦】屈原

若有人兮山之阿，被薜荔兮带女萝。既含睇兮又宜笑，子慕予兮善窈窕。

乘赤豹兮从文狸，辛夷车兮结桂旗。被石兰兮带杜衡，折芳馨兮遗所思。余处幽篁兮终不见天，路险难兮独后来。

表独立兮山之上，云容容兮而在下。杳冥冥兮羌昼晦，东风飘兮神灵雨。留灵修兮憺忘归，岁既晏兮孰华予。

采三秀兮于山间，石磊磊兮葛蔓蔓。怨公子兮怅忘归，君思我兮不得闲。山中人兮芳杜若，饮石泉兮荫松柏，君思我兮然疑作。雷填填兮雨冥冥，猿啾啾兮狖夜鸣。风飒飒兮木萧萧，思公子兮徒离忧。

赠猫

【宋】陆游

裹盐迎得小狸奴，尽护山房万卷书。
惭愧家贫策勋薄，寒无毡坐食无鱼。

解析：B 是一种有花纹的野生猫科动物。

8. 答案：A

本题考查的诗词为：

离骚（节选）

【先秦】屈原

余既滋兰之九畹兮，又树蕙之百亩。畦留

夷与揭车兮，杂杜蘅与芳芷。冀枝叶之峻茂兮，愿俟时乎吾将刈。虽萎绝其亦何伤兮，哀众芳之芜秽。

寄黄几复

【宋】黄庭坚

我居北海君南海，寄雁传书谢不能。
桃李春风一杯酒，江湖夜雨十年灯。
持家但有四立壁，治病不蕲三折肱。
想得读书头已白，隔溪猿哭瘴溪藤。

归园田居五首·其一

【晋】陶渊明

少无适俗韵，性本爱丘山。

误落尘网中，一去三十年。
羁鸟恋旧林，池鱼思故渊。
开荒南野际，守拙归园田。
方宅十余亩，草屋八九间。
榆柳荫后檐，桃李罗堂前。
暧暧远人村，依依墟里烟。
狗吠深巷中，鸡鸣桑树颠。
户庭无尘杂，虚室有余闲。
久在樊笼里，复得返自然。

解析：A 句是"滋兰树蕙"这一词语的出处，"滋兰树蕙"常用来形容培育人才。

4 号选手题

1. 答案：僧敲月下门

本题考查的诗词为：

题李凝幽居

【唐】贾岛

闲居少邻并，草径入荒园。
鸟宿池边树，僧敲月下门。
过桥分野色，移石动云根。
暂去还来此，幽期不负言。

干扰项：月黑雁飞高（【唐】卢纶《塞下曲六首·其三》）、月下飞天镜（【唐】李白《渡荆门送别》）。

2. 答案：旧时王谢堂前燕

本题考查的诗词为：

乌衣巷

【唐】刘禹锡

朱雀桥边野草花，乌衣巷口夕阳斜。
旧时王谢堂前燕，飞入寻常百姓家。

干扰项：自去自来堂上燕（【唐】杜甫《江村》）。

3. 答案：风光不与四时同

本题考查的诗词为：

晓出净慈寺送林子方

【宋】杨万里

毕竟西湖六月中，风光不与四时同。

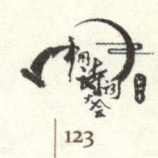

接天莲叶无穷碧，映日荷花别样红。

干扰项：四时佳兴与人同（【宋】程颢《秋日》）。

4. 答案：今夜偏知春气暖

本题考查的诗词为：

月夜

【唐】刘方平

更深月色半人家，北斗阑干南斗斜。
今夜偏知春气暖，虫声新透绿窗纱。

干扰项："汽""未"。

5. 答案：B

本题考查的诗词为：

无题

【唐】李商隐

来是空言去绝踪，月斜楼上五更钟。
梦为远别啼难唤，书被催成墨未浓。
蜡照半笼金翡翠，麝熏微度绣芙蓉。
刘郎已恨蓬山远，更隔蓬山一万重。

秋思

【唐】张籍

洛阳城里见秋风，欲作家书意万重。
复恐匆匆说不尽，行人临发又开封。

寄黄几复

【宋】黄庭坚

我居北海君南海，寄雁传书谢不能。
桃李春风一杯酒，江湖夜雨十年灯。
持家但有四立壁，治病不蕲三折肱。
想得读书头已白，隔溪猿哭瘴溪藤。

6. 答案：A

本题考查的诗词为：

七律·人民解放军占领南京

【现代】毛泽东

钟山风雨起苍黄，百万雄师过大江。
虎踞龙盘今胜昔，天翻地覆慨而慷。
宜将剩勇追穷寇，不可沽名学霸王。
天若有情天亦老，人间正道是沧桑。

7. 答案：A

本题考查的诗词为：

清平乐·村居

【宋】辛弃疾

茅檐低小，溪上青青草。醉里吴音相媚好，
白发谁家翁媪？
大儿锄豆溪东，中儿正织鸡笼。最喜小儿
亡赖，溪头卧剥莲蓬。

木兰诗（节选）

【南北朝】佚名

唧唧复唧唧，木兰当户织。不闻机杼声，
唯闻女叹息。问女何所思？问女何所忆？女亦
无所思，女亦无所忆。昨夜见军帖，可汗大点
兵。军书十二卷，卷卷有爷名。阿爷无大儿，
木兰无长兄。愿为市鞍马，从此替爷征。

观刈麦

【唐】白居易

田家少闲月，五月人倍忙。
夜来南风起，小麦覆陇黄。
妇姑荷箪食，童稚携壶浆。
相随饷田去，丁壮在南冈。
足蒸暑土气，背灼炎天光。
力尽不知热，但惜夏日长。

复有贫妇人，抱子在其旁。

右手秉遗穗，左臂悬敝筐。

听其相顾言，闻者为悲伤。

家田输税尽，拾此充饥肠。

今我何功德，曾不事农桑。

吏禄三百石，岁晏有余粮。

念此私自愧，尽日不能忘。

解析：A 句描写悠闲生活；B 句描写织布辛劳；C 句描写农忙时节。

8. 答案：C

本题考查的诗词为：

白马篇（节选）

【魏】曹植

白马饰金羁，连翩西北驰。

借问谁家子，幽并游侠儿。

少小去乡邑，扬声沙漠垂。

宿昔秉良弓，楛矢何参差。

控弦破左的，右发摧月支。

仰手接飞猱，俯身散马蹄。

解析：这句诗前面提到了多种箭靶。"的"是箭靶；"月支"是箭靶，又名素支；"马蹄"也是一种箭靶的名称。

攻擂资格争夺赛

VS

扫一扫
看选手精彩答题

孙 博：来自甘肃平凉，是福建师范大学中国语言文学专业大一学生。在"个人追逐赛"环节中获得冠军，进入第二个环节"攻擂资格争夺赛"。

胡艳琴：来自河南，是平顶山市公安局治安和出入境管理支队的一名民警。在"个人追逐赛"环节，胡艳琴在百人团中答题准确率最高，耗时最短，进入第二个环节"攻擂资格争夺赛"。

飞花令

我

孙 博

❀ 我欲乘风归去，又恐琼楼玉宇，高处不胜寒。

❀ 八月秋高风怒号，卷我屋上三重茅。

❀ 春风又绿江南岸，明月何时照我还。

❀ 青青子衿，悠悠我心。

❀ 故国神游，多情应笑我，早生华发。

胡艳琴

❀ 天生我材必有用，千金散尽还复来。

❀ 故人具鸡黍，邀我至田家。

❀ 桃花潭水深千尺，不及汪伦送我情。

❀ 与君歌一曲，请君为我倾耳听。

❀ ✕

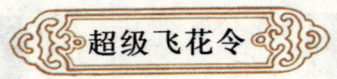

超级飞花令

请说出含有城市的诗句。

孙 博

- 长安一片月，万户捣衣声。
- 姑苏城外寒山寺，夜半钟声到客船。
- 洛阳亲友如相问，一片冰心在玉壶。
- 谁家玉笛暗飞声，散入春风满洛城。
- 朝辞白帝彩云间，千里江陵一日还。
- 暖风熏得游人醉，直把杭州作汴州。
- ×

胡艳琴

- 晓看红湿处，花重锦官城。
- 丞相祠堂何处寻，锦官城外柏森森。
- 总为浮云能蔽日，长安不见使人愁。
- 故人西辞黄鹤楼，烟花三月下扬州。
- 天下三分明月夜，二分无赖是扬州。
- 即从巴峡穿巫峡，便下襄阳向洛阳。

诗词接龙

董卿：春城无处不飞花。 → **胡**：花间一壶酒。 **孙**：酒入愁肠。 →

胡：长安一片月。 **孙**：月是故乡明。 → **胡**：明月几时有。 **孙**：有约不

来过夜半。 → **胡**：半江瑟瑟半江红。 **孙**：红豆生南国。 → **胡**：国破山河在。

孙：在天愿作比翼鸟。 → **胡**：鸟宿池边树。 **孙**：树树皆秋色。 → **胡**：

色静深松里。 **孙**：×

127

擂主争霸赛

VS

胡艳琴： 在"攻擂资格赛"中的获胜者胡艳琴进入"擂主争霸赛"，作为攻擂者和守擂擂主邓雅文一决高下。

邓雅文： "擂主争霸赛"中每题1分，抢到并答对者得1分，答错者则对方得1分，守擂擂主邓雅文率先获得5分，成为本场擂主。

1. 图片线索题，请根据以下图片线索说出一联七言唐诗。

红

2. 图片线索题，请根据以下图片线索说出一联七言唐诗。

成

3. 图片线索题，请根据以下图片线索说出一联五言唐诗。

明

4. 描述线索题，请根据以下线索说出一个诗题。　　（　　　　　）

(1) 诗中写到了夜雨。

(3) 诗的最后一句提到今天的成都。

(2) 诗写于巴蜀地区。

(4) 名句"润物细无声"出自这首诗。

5. 描述线索题，请根据以下线索说出一位诗人。　　（　　　　　）

(1) 他从蜀地来到长安。

(2) 他政治上不如意，屡遭排挤。

(3) 他曾故意摔坏一把名贵的琴，自我炒作。

(4) 他写过《登幽州台歌》。

6. 描述线索题，请根据以下线索说出一种花。　　（　　　　　）

(1) 陈与义在东风里看过它。

(2) 刘禹锡在京城赏过它。

(3) 李白在沉香亭吟咏过它。

(4) 罗隐说它"任是无情也动人"。

7. 描述线索题，请根据以下线索说出一种动物。　　（　　　　　）

(1) 古人将它当作坐骑。

(2) 元稹的诗中曾担心官军会把它吃掉。

(3) 李白诗里曾写道用它下酒，"会须一饮三百杯"。

(4) 辛弃疾词中写道将它烤熟，"八百里分麾下炙"。

8. 描述线索题，请根据以下线索说出一个词牌名。　　（　　　　　）

(1) 词牌名最开始与美女有关。

(2) 白居易将其名称做了改动。

(3) 词牌名会让你想起"千里莺啼绿映红"的美景。

(4) 白居易用这个词牌写有名句"日出江花红胜火，春来江水绿如蓝"。

9. 描述线索题，请根据以下线索说出一联唐诗。

(1) 诗句中提到了春风。

(2) 诗句中还提到了笛子。

(3) 这支笛子吹奏的是《折杨柳》曲。

(4) 此诗由李白写于洛阳。

擂主争霸赛答案

1. 一骑红尘妃子笑，无人知是荔枝来。

2. 采得百花成蜜后，为谁辛苦为谁甜？

3. 明月出天山，苍茫云海间。

4. 《春夜喜雨》

5. 陈子昂

6. 牡丹

7. 牛

8. 《忆江南》

9. 谁家玉笛暗飞声，散入春风满洛城。

自 我 评 价

个人追逐赛	1		攻擂资格争夺赛	飞花令		擂主争霸赛	答 对
	2						
	3			超级飞花令			道 题
	4						

一语天然万古新·嘉宾点评

清平乐·会昌

【现代】毛泽东

东方欲晓，莫道君行早。踏遍青山人未老，风景这边独好。

会昌城外高峰，颠连直接东溟。战士指看南粤，更加郁郁葱葱。

君子自强不息

这首词特别有意义，我记得毛主席后来在一九五几年回忆的时候，曾说这首词写于1934年，当时形势危急，又要准备长征，他的心情是极度郁闷的。1931年—1934年，毛主席其实失去了一些发言权，可就是在这种郁闷的状态下，他也没有赋闲，他在干什么呢？他在做调查研究，他在读书。所以"踏遍青山人未老"这不是空话，他是真的在践行。毛主席很好地体现出了中国文化中的"天行健，君子以自强不息"。（郦波）

扫一扫
听专家现场讲解

游山西村

【宋】陆游

莫笑农家腊酒浑，丰年留客足鸡豚。山重水复疑无路，柳暗花明又一村。箫鼓追随春社近，衣冠简朴古风存。从今若许闲乘月，拄杖无时夜叩门。

文史不分家

"柳暗花明又一村"中的"村"其实是指山的西边的一个村，而这座"山"是浙江的。因为陆游当时被贬官在山阴老家，也就是现在绍兴镜湖的三山乡，三山乡那个地方是丘陵地带，到处都是一个一个的小山头，所以陆游走来才叫"山重水复疑无路"。（郦波）

刚才郦老师说的"山西"，那是一个地理概念，山西真正成为一个行政概念是什么时候？山西成为行政概念是在明朝以后，明朝是叫山西布政使司，然后清朝是叫山西

扫一扫
听专家现场讲解

四万八千丈，对此欲倒东南倾。

我欲因之梦吴越，一夜飞度镜湖月。湖月照我影，送我至剡溪。谢公宿处今尚在，渌水荡漾清猿啼。脚著谢公屐，身登青云梯。半壁见海日，空中闻天鸡。千岩万转路不定，迷花倚石忽已暝。熊咆龙吟殷岩泉，栗深林兮惊层巅。云青青兮欲雨，水澹澹兮生烟。列缺霹雳，丘峦崩摧。洞天石扉，訇然中开。青冥浩荡不见底，日月照耀金银台。霓为衣兮风为马，云之君兮纷纷而来下。虎鼓瑟兮鸾回车，仙之人兮列如麻。忽魂悸以魄动，恍惊起而长嗟。惟觉时之枕席，失向来之烟霞。

世间行乐亦如此，古来万事东流水。别君去兮何时还？且放白鹿青崖间，须行即骑访名山。安能摧眉折腰事权贵，使我不得开心颜？

文化抬高山之高度

浙江有三座大山，由东边往西边依次是天台山、四明山，然后是会稽山。天姥山其实是天台山的一个支脉，这个古人心里也是很清楚的。除了李白，其他的诗人写天台山和天姥山都是按两者实际海拔的关系写的，别看你觉得天台山不高，当时在浙江它也算是一座有名的高山了。比如灵澈写"天台众峰外，华顶当寒空"。他就把天

柳汀聚禽图　绢本
【元】夏叔文

省，而唐宋的"山西"都不叫山西，比如在唐朝叫并州，在春秋时期是叫晋，所以这也是一个历史问题，还是在论证那句话："文史不分家。"（蒙曼）

梦游天姥吟留别
【唐】李白
海客谈瀛洲，烟涛微茫信难求；越人语天姥，云霞明灭或可睹。天姥连天向天横，势拔五岳掩赤城。天台

台山写得很高。

李白为什么对天姥山别有一番感情？那是因为天姥山有一个宗教的高度和一个文化的高度，宗教高度是什么呢？李白是好道的，天姥是道教的福地洞天，还有就是在李白心目中，谢公（谢灵运）这一家子都是不得了的人物。所以说是什么抬起了天姥山的高度？我觉得恰恰是文化，是它这儿的宗教文化，

山弈候约图　绢本
【辽】佚名

还有文人传统。包括现在浙江在打造浙东唐诗之路，都使天姥山成了一方高地。绿水青山就是金山银山，我们的文化名山也是金山银山。（蒙曼）

月夜忆舍弟

【唐】杜甫

戍鼓断人行，秋边一雁声。
露从今夜白，月是故乡明。
有弟皆分散，无家问死生。
寄书长不达，况乃未休兵。

以情赋诗

在我们中国的二十四节气里，我认为白露几乎是最漂亮的一个节气，当然还有一个节气我也特别喜欢，叫清明。清明也美，白露也美。"露从今夜白，月是故乡明"也美，因为这里面有一份感情。诗不管写得多巧，要是没有感情的话，就什么都没有了。每个人都觉得"月是故乡明"，无论我们的故乡在哪儿，故乡的月亮比任何地方的月亮都好，这就是一种情感的传达。很多人评杜甫的诗，说杜甫最喜欢用这种颠倒语序的方法来表达强烈的感情。比如"露从今夜白"，你完全可以说今夜白露，"月是故乡明"就是故乡月明，但是这样说就没有强烈的感情了。而"露从今夜白"，露是一点一点地出来的，"月是故乡明"，强烈的判断句，其他

地方的月亮都是不好的，只有故乡的月亮是最好的，可是他和他的四个弟弟现在都没有在故乡，这里蕴含着多么遗憾的情绪呀！（蒙曼）

到最后可能能被大家记住和感知的就是感情，是诗中的那份情谊。杜甫对他的几个弟弟有着这种深厚的感情，他在这之前还写过《得舍弟消息》，表达自己好不容易有弟弟消息了，这首诗也写得非常伤感，可见兄弟情深。

（董卿）

江雪

【唐】柳宗元

千山鸟飞绝，万径人踪灭。

孤舟蓑笠翁，独钓寒江雪。

与自己和解

"千山鸟飞绝"，鸟也不见，"万径人踪灭"，人也不见，什么都没有，就有个"孤舟蓑笠翁"。这说明什么？说明这场雪不光是自然界下的雪，还是柳宗元心里的一场雪。永贞革新失败，柳宗元被流放到"千山鸟飞绝"的地方，他是带着母亲去的，结果母亲不适应这里的气候，病死了。这个时候他的内心孤独寂寞到了极致，却只体现出一个"孤舟蓑笠翁"。大家都认可，这是柳宗元的精神自我，但是他要怎么解放出自我？柳宗元的办法就是让自己什么都不剩，就剩一个精神自我，于是在和"他"面对面的时候，达成了与自我的和解。（郦波）

雪影渔人图（局部） 纸本
【明】项圣谟

乌衣巷

【唐】刘禹锡

朱雀桥边野草花，乌衣巷口夕阳斜。
旧时王谢堂前燕，飞入寻常百姓家。

燕子与家

"燕子来时新社，梨花落后清明"，这是燕子的一个很重要的作用，也就是燕子代表春天。当然，燕子还有一个很重要的象征，因为燕子是成双成对的，所以它还是爱情的象征。"落花人独立，微雨燕双飞"，一看见燕子成双成对地飞翔，人就会觉得自己格外地寂寞。除此之外，那就是它还有一个最重要的作用，那就是它会让我们想到家。燕子是会在人的家里筑巢的，大家都特别欢迎燕子来。为什么呢？燕子不落愁人家。我们很早就听过这个说法，说燕子就喜欢那种和乐的生活，甚至是有点闲适、富贵的生活。所以要是这户人家能够迎来新燕，或者迎来归燕，那都是好得不得了的事。在中国古代，你要是想写这种家庭比较有堂皇气象，用什么？你用黄鹂、大雁，用其他的鸟，那都不对，一定要用燕子。晏殊写"无可奈何花落去，似曾相识燕归来"，他这里头就写出了富贵和闲适的气象，为什么呢？因为燕子就是居家的。这句"旧时王谢堂前燕，飞入寻常百姓家"用的是燕子居家带来的兴亡之感。别看

桃花柳燕图　纸本
【清】李鱓

燕子还是年年到那个屋子里去，但是屋子的主人已经换了，从贵族换成了平民，这是翻天覆地的社会

扫一扫
听专家现场讲解

变化。总而言之，燕子会让我们想到家，想到变革着的家，想到和谐幸福的家。（蒙曼）

月夜

【唐】刘方平

更深月色半人家，北斗阑干南斗斜。
今夜偏知春气暖，虫声新透绿窗纱。

虫声新透绿窗纱

我们一想到春天，谁会想到虫子？我们一般会想到桃红柳绿，要是再想的话，也会想到鸟，像黄鹂那些好看的鸟。但是刘方平不得了，他写"虫声新透绿窗纱"那么一个幽微的意象，那么一个看起来、想起来都不太可爱的意象——虫子。虫子发出鸣叫声，然后我们感觉春天来了。春天是万物欣欣向荣的季节，不仅仅有桃红柳绿，不仅仅有千里莺啼，甚至卑微如虫子，也能够感受到春天，也能够用它的生命奏响春天，这是一件很了不起的事情。这就是"民胞物与"，万事万物都是我们的朋友。我们现在讲的保护环境、珍惜自然等主题，其实在我们的文化母体里是有非常悠久的传统的。比如说"虫声新透绿窗纱""春江水暖鸭先

知"，还比如说"细雨鱼儿出，微风燕子斜"……所有的人都动起来了，所有的物都动起来了，这才是春天。

（蒙曼）

月色秋声图　绢本
【南宋】马和之

七律·人民解放军占领南京

【现代】毛泽东

钟山风雨起苍黄，百万雄师过大江。
虎踞龙盘今胜昔，天翻地覆慨而慷。
宜将剩勇追穷寇，不可沽名学霸王。
天若有情天亦老，人间正道是沧桑。

化用的至高境界

我们知道"天若有情天亦老"原句是出自李贺的《金铜仙人辞汉歌》"衰

兰送客咸阳道，天若有情天亦老"，它原来讲的是这种人间恨事：如果天若有情的话，都会因此而悲伤、而衰老。这完全是一种抑郁的情感。但是到毛泽东手里就变成了"天若有情天亦老，人间正道是沧桑"，讲的是自然的一种规律。以至于被毛泽东化用过后的这一联传诵得更广，大家更熟悉，反倒李贺的那一联，大家没有那么熟悉了。我认为毛泽东在诗词化用这方面已经达到至高的境界了。（郦波）

清平乐·村居

【宋】辛弃疾

茅檐低小，溪上青青草。醉里吴音相媚好，白发谁家翁媪？

大儿锄豆溪东，中儿正织鸡笼。最喜小儿亡赖，溪头卧剥莲蓬。

其乐融融的家庭生活

其实现代人最羡慕的是什么呀？就是古人的工作融入了家庭生活里。其实《清平乐·村居》《木兰诗》《观刈麦》这三首诗都符合古代家庭生活的这个特征。"最喜小儿亡赖，溪头卧剥莲蓬"，小孩在剥莲蓬，那他的家人呢？"茅檐低小，溪上青青草。醉里吴音相媚好，白发谁家翁媪？"老先生和老太太也岁月静好。"唧唧复唧唧，木兰当户织"也是一样，只不过是没有那么悠闲而已。但是你想木兰在织布的时候，她爸爸妈妈也是在家的。我觉得为什么现在我们的家庭结构，显得比古代要松散一些，那是因为我们可能都外出"打工"去了，每个人做着不同的工作，我们很难有那么长的时间跟家人待在一起了，现在大部分人在办公室里跟同事待在一起的时间可能都比跟家人待在一起的时间多。这时候就想想，古代"昼出耘田夜绩麻，村庄儿女各当家。童孙未解供耕织，也傍桑阴学种瓜"，多好啊，这才是一个其乐融融的家庭场景。

（蒙曼）

水村图卷（全卷二版）（局部）　纸本
【元】赵孟頫

第五场

杨柳青青江水平，闻郎江上唱歌声 [1]

刘禹锡在夔州任刺史的时候深受当地民歌的感染，写下了《竹枝词》，从此"东边日出西边雨，道是无晴却有晴" [2] 的诗句，便像那连绵不绝的清江水，在一代又一代读者的心里流淌着。夔门山水，气象万千，纵横流淌。除了刘禹锡，杜甫也曾经在那里登上了白帝城的最高台，于是有了"无边落木萧萧下，不尽长江滚滚来" [3] 的千年一叹，而李白三次经过瞿塘峡，于是便就有了"两岸猿声啼不住，轻舟已过万重山" [4] 的千古绝唱。古代的夔州，今天的奉节，千年文脉筑成了一座诗城。那今天就让我们在《中国诗词大会》花开四季的舞台上，再一次去追寻那些伟大诗人的身影，再一次去重温那些震古烁今的华美篇章。

——董卿（《中国诗词大会》主持人）

1·2 《竹枝词二首·其一》〔唐〕刘禹锡

　　杨柳青青江水平，闻郎江上唱歌声。东边日出西边雨，道是无晴却有晴。

3 《登高》〔唐〕杜甫

　　风急天高猿啸哀，渚清沙白鸟飞回。无边落木萧萧下，不尽长江滚滚来。万里悲秋常作客，百年多病独登台。艰难苦恨繁霜鬓，潦倒新停浊酒杯。

4·5 《早发白帝城》〔唐〕李白

　　朝辞白帝彩云间，千里江陵一日还。两岸猿声啼不住，轻舟已过万重山。

夔州这个地方，跟唐代和宋代的很多诗人都有密切的关系，当然，最为震烁古今的，还是李白很著名的"朝辞白帝彩云间，千里江陵一日还"。[5] 这是青春的诗篇，也是阳光的诗篇，祝愿咱们诗词大会百人团的每一位选手，也祝愿我们所有热爱诗词的人，都能在中国的古典诗词当中绽放出自己的青春，寻找到自己的阳光！

——康震（北京师范大学文学院教授、博士生导师）

那我就沿着这条大江往前走吧，送大家一句北宋曾公亮的诗"要看银山拍天浪，开窗放入大江来"。[6] 希望我们的生活、事业、民族都能浩荡向前，有如大江。

——蒙曼（中央民族大学历史文化学院教授、北京大学历史学博士）

扫一扫
看专家现场致辞

---

6 《宿甘露寺僧舍》【宋】曾公亮
　枕中云气千峰近，床底松声万壑哀。要看银山拍天浪，开窗放入大江来。

诗词之乐何处寻？

个人追逐赛

1号选手

靳舒馨

北斗七星高，哥舒夜带刀。至今窥牧马，不敢过临洮。

哥舒歌

【唐】西鄙人

北斗七星高，哥舒夜带刀。

至今窥牧马，不敢过临洮。

靳舒馨：来自山东枣庄，目前是一名北斗卫星导航系统的设计师。靳舒馨也是位汉服迷，会定期拍汉服照，她希望能够在自己的每一个时间段都留下传统文化最美丽的影像。在"个人追逐赛"环节共答对6道题，得分185分。从"个人追逐赛"中胜出，进入"攻擂资格争夺赛"环节。

1. 请从以下九个字中识别一句五言宋诗。

鱼	爱	我
双	鲤	但
美	送	鲈

2. 请从以下十二个字中识别一句七言唐诗。

我	时	逢	名
恨	人	嫁	未
君	相	成	不

【分值：13】

【分值：36】

3. 请对上句。

独	留	青	冢	向	黄	昏
连	手	台	去	朔		
烁	一	挥	漠	紫		

【分值：43】

4. 以下哪一项中的"美人"可以象征品德高洁的人？　（　）

A 战士军前半死生，美人帐下犹歌舞。

B 草木有本心，何求美人折！

C 芙蓉不及美人妆，水殿风来珠翠香。

【分值：46】

5. "少无世俗韵，性本爱丘山"当中哪个字是错误的？（　）

A 世×——适

B 性×——心

C 丘×——青

【分值：8】

6. 词牌《忆秦娥》与以下哪个美女有关？
（　）

A 秦穆公之女弄玉

B 秦始皇的母亲

C 秦罗敷

【分值：39】

7. 这是一尊夔州博物馆的陶俑，以下哪联诗描绘的是陶俑正在做的事情？
（　）

A 呼儿拂几霜刃挥，红肌花落白雪霏。

B 呼儿烹鲤鱼，中有尺素书。

C 寒衣处处催刀尺，白帝城高急暮砧。

【分值：15】

8. 请从以下九个字中识别一句五言唐诗。

高	月	众
出	鸟	飞
尽	惊	鸣

【分值：15】

计算得分：

选手未答出的题目按15分计算。

你说我猜

在 180 秒内给出下列题目的答案。

1. "好雨知时节，当春乃发生"的后两句是什么？

2. "老夫聊发少年狂"出自什么词牌名？

3. "日照香炉生紫烟，遥看瀑布挂前川"后两句是什么？

4. "长风破浪会有时，直挂云帆济沧海"出自哪首诗？

5. 《登幽州台歌》的第一联诗是什么？

6. 和王维齐名的山水田园诗人是谁？

7. "安得广厦千万间，大庇天下寒士俱欢颜"出自哪首诗？

8. 《使至塞上》最有名的两句诗是什么？

🦋 I.

🦋 2.

🦋 3.

🦋 4.

🦋 5.

🦋 6.

🦋 7.

🦋 8.

2号选手

宋红日

读书不觉已春深，一寸光阴一寸金。

白鹿洞二首·其一

【唐】王贞白

读书不觉已春深，一寸光阴一寸金。

不是道人来引笑，周情孔思正追寻。

宋红日：北京大学附属小学的一名六年级学生。特别喜欢看古文物和了解文物背后的故事。出去旅行的时候，最爱去的也是博物馆，比如江苏徐州楚王陵、汉兵马俑博物馆等。在"个人追逐赛"环节共答对 2 道题，得分 39 分。

1. 请从以下九个字中识别一句五言唐诗。

绕	时	黄
床	弄	清
青	子	梅

【分值：15】

2. 请从以下十二个字中识别一句宋代词句。

芳	草	何	鹦
天	涯	萋	鹉
凄	无	处	洲

【分值：8】

3. 请对上句。

正 是 河 豚 欲 上 时

满 蓬 蒌 芽 地
短 芦 泸 蓬 蒿

【分值：31】

4. 下列选项中哪一联诗是正确的？ （　）

A 又送王孙去，凄凄满别情。

B 又送王孙去，戚戚满别情。

C 又送王孙去，蒌蒌满别情。

【分值：15】

5. 下列诗句中的"将军"，哪个指作者自己？ （　）

A 风劲角弓鸣，将军猎渭城。

B 林暗草惊风，将军夜引弓。

C 人不寐，将军白发征夫泪。

【分值：15】

6. 请问以下哪联诗中的"杨柳"生长的地方是今天的重庆奉节？ （　）

A 草长莺飞二月天，拂堤杨柳醉春烟。

B 杨柳青青江水平，闻郎江上唱歌声。

C 今宵酒醒何处？杨柳岸，晓风残月。

【分值：15】

7. 请从以下九个字中识别一句五言唐诗。

随	入	夜
细	雨	润
潜	声	风

【分值：15】

8. 请从以下九个字中识别一句五言唐诗。

露	何	夜
行	今	夕
从	是	白

【分值：15】

计算得分：

选手未答出的题目按 15 分计算。

横扫千军 草

选手与 12 位百人团选手对抗飞花令，需要 5 秒内说出诗句。

殷天勤

❀草树知春不久归，百般红紫斗芳菲。

俞容嘉

❀乱花渐欲迷人眼，浅草才能没马蹄。

田大地

❀草长莺飞二月天，拂堤杨柳醉春烟。

李雨晗

❀矮纸斜行闲作草，晴窗细乳戏分茶。

孙 鹏

❀池塘生春草，园柳变鸣禽。

肖异瑶

❀北风卷地百草折，胡天八月即飞雪。

郑贵阳

❀黄梅时节家家雨，青草池塘处处蛙。

王明泉

❀青青河畔草，郁郁园中柳。

任莎莎

❀国破山河在，城春草木深。

夏雨霏

❀树木丛生，百草丰茂。

朱彤

❀障泥未解玉骢骄，我欲醉眠芳草。

马梦真

❀元嘉草草，封狼居胥，赢得仓皇北顾。

宋红日

❀天街小雨润如酥，草色遥看近却无。

❀青山绿水，白草红叶黄花。

❀春草明年绿，王孙归不归？

❀映阶碧草自春色，隔叶黄鹂空好音。

❀谁言寸草心，报得三春晖。

❀独怜幽草涧边生，上有黄鹂深树鸣。

❀晴川历历汉阳树，芳草萋萋鹦鹉洲。

❀青青河畔草，绵绵思远道。

❀吴宫花草埋幽径，晋代衣冠成古丘。

❀朱雀桥边野草花，乌衣巷口夕阳斜。

❀枝上柳绵吹又少，天涯何处无芳草。

❀种豆南山下，草盛豆苗稀。

3 号选手

扫一扫
看选手精彩答题

陈　更

梅似雪，柳如丝，试听别语慰相思。

鹧鸪天·送欧阳国瑞入吴中

【宋】辛弃疾

莫避春阴上马迟，春来未有不阴时。人情展转闲
中看，客路崎岖倦后知。

梅似雪，柳如丝。试听别语慰相思。短篷炊饭鲈
鱼熟，除却松江枉费诗。

陈　更：来自陕西，是一名北京大学博士生。希望自己也能和诗词一样，回归本
真，充满温暖。在"个人追逐赛"环节共答对 6 道题，得分 126 分。

1. 请从以下九个字中识别一句五言
唐诗。

赋	擒	射
先	人	雕
擒	射	马

【分值：14】

2. 请从以下十二个字中识别一句宋代
词句。

千	炙	云	下
里	八	麾	莺
路	百	月	分

【分值：25】

3. 请对上句。

岂	因	祸	福	避	趋	之
苟	且	国	社	稷		
利	家	生	死	以		

【分值：24】

4. 毛泽东词句"今日长缨在手，何时缚住苍龙"与下列哪个历史典故有关？（　　）

A 荆轲刺秦

B 终军请缨

C 渔父濯缨

【分值：24】

5. 下列哪项表达了渴望封侯的心情？（　　）

A 凭君莫话封侯事，一将功成万骨枯。

B 忽见陌头杨柳色，悔教夫婿觅封侯。

C 当年万里觅封侯，匹马戍梁州。

【分值：12】

6. 请问以下哪项描写的是古人对月中情景的想象？（　　）

A 不知天上宫阙，今夕是何年。

B 盈盈一水间，脉脉不得语。

C 素手把芙蓉，虚步蹑太清。

【分值：27】

7. 请从以下十二个字中识别一句七言唐诗。

千	含	横	峰
林	雪	岭	窗
西	成	看	秋

【分值：15】

8. 请从以下十二个字中识别一句七言唐诗。

借	酒	路	手
断	遥	魂	问
招	人	家	行

【分值：15】

计算得分：

选手未答出的题目按15分计算。

4号选手

夏鸿鹏

同来望月人何处？风景依稀似去年。

江楼旧感

【唐】赵嘏

独上江楼思渺然，月光如水水如天。

同来望月人何处？风景依稀似去年。

夏鸿鹏：来自辽宁省沈阳市，是公安局刑警支队的一名刑警。带着对女儿的承诺来参加这次《中国诗词大会》。在"个人追逐赛"环节共答对6道题，得分152分。

1. 请从以下九个字中识别一句五言唐诗。

色	无	比
近	只	中
在	山	有

【分值：46】

2. 请从以下十二个字中识别一句唐代词句。

沉	侧	星	尽
千	是	舟	河
皆	过	帆	不

【分值：37】

3. 请对上句。

不	尽	长	江	滚	滚	来
萧	下	边	潇	木		
叶	无	潇	落	萧		

【分值：26】

4. 下列诗句中，哪一项是正确的？　（　）

A 汉北春天树，江东日暮云。

B 渭北春天树，江东日暮云。

C 漠北春天树，江东日暮云。

【分值：20】

5. 这是在赤甲山顶拍摄的瞿塘峡俯瞰图，请问以下哪联诗描写的是这里？　（　）

A 余霞散成绮，澄江静如练。

B 江流天地外，山色有无中。

C 高江急峡雷霆斗，古木苍藤日月昏。

【分值：15】

6. 下列哪两句诗，可以说明《三国演义》中诸葛亮北伐的艰难？　（　）

A 西当太白有鸟道，可以横绝峨眉巅。

B 一风三日吹倒山，白浪高于瓦官阁。

C 边庭飘飖那可度，绝域苍茫更何有？

【分值：15】

7. 请从以下十二个字中识别一句七言唐诗。

龙	沙	在	但
鸟	飞	城	清
使	渚	白	将

【分值：15】

8. 下列描写邻里关系的诗句，与其他两项感情不同的是？　（　）

A 得欢当作乐，斗酒聚比邻。

B 堂前扑枣任西邻，无食无儿一妇人。

C 肯与邻翁相对饮？隔篱呼取尽馀杯。

【分值：8】

计算得分：

选手未答出的题目按 15 分计算。

个人追逐赛答案、解析与拓展

1号选手题

1. 答案：但爱鲈鱼美

　　本题考查的诗词为：

江上渔者

　　【宋】范仲淹

　　江上往来人，但爱鲈鱼美。

　　君看一叶舟，出没风波里。

　　干扰项：遗我双鲤鱼（【汉】佚名《饮马长城窟行》）。

2. 答案：恨不相逢未嫁时

　　本题考查的诗词为：

节妇吟

　　【唐】张籍

　　君知妾有夫，赠妾双明珠。

　　感君缠绵意，系在红罗襦。

　　妾家高楼连苑起，良人执戟明光里。

　　知君用心如日月，事夫誓拟同生死。

　　还君明珠双泪垂，恨不相逢未嫁时。

　　干扰项：我未成名君未嫁（【唐】罗隐《嘲钟陵妓云英》）。

3. 答案：一去紫台连朔漠

　　本题考查的诗词为：

咏怀古迹五首·其三

　　【唐】杜甫

　　群山万壑赴荆门，生长明妃尚有村。

一去紫台连朔漠，独留青冢向黄昏。

画图省识春风面，环佩空归夜月魂。

千载琵琶作胡语，分明怨恨曲中论。

4. 答案：B

　　本题考查的诗词为：

燕歌行

　　【唐】高适

　　汉家烟尘在东北，汉将辞家破残贼。

　　男儿本自重横行，天子非常赐颜色。

　　摐金伐鼓下榆关，旌旆逶迤碣石间。

　　校尉羽书飞瀚海，单于猎火照狼山。

　　山川萧条极边土，胡骑凭陵杂风雨。

　　战士军前半死生，美人帐下犹歌舞。

　　大漠穷秋塞草腓，孤城落日斗兵稀。

　　身当恩遇恒轻敌，力尽关山未解围。

　　铁衣远戍辛勤久，玉箸应啼别离后。

　　少妇城南欲断肠，征人蓟北空回首。

　　边庭飘飖那可度，绝域苍茫更何有？

　　杀气三时作阵云，寒声一夜传刁斗。

　　相看白刃血纷纷，死节从来岂顾勋？

　　君不见沙场征战苦，至今犹忆李将军。

感遇十二首·其一

　　【唐】张九龄

　　兰叶春葳蕤，桂华秋皎洁。

　　欣欣此生意，自尔为佳节。

　　谁知林栖者，闻风坐相悦。

　　草木有本心，何求美人折！

西宫秋怨

【唐】王昌龄

芙蓉不及美人妆，水殿风来珠翠香。
谁分含啼掩秋扇？空悬明月待君王。

解析：A句出自高适《燕歌行》，美人的载歌载舞和战士的出生入死形成强烈对比，讽刺将帅只顾自己享乐，不顾战士死活。C句出自一首宫怨诗，这里的"美人"就是美女之意。B句出自张九龄《感遇》，这首诗具有象征意味，这里的美人指品德高洁的人，也就是前面提到的"林栖者"。

5. 答案：A

本题考查的诗词为：

归园田居五首·其一

【晋】陶渊明

少无适俗韵，性本爱丘山。
误落尘网中，一去三十年。
羁鸟恋旧林，池鱼思故渊。
开荒南野际，守拙归园田。
方宅十余亩，草屋八九间。
榆柳荫后檐，桃李罗堂前。
暧暧远人村，依依墟里烟。
狗吠深巷中，鸡鸣桑树颠。
户庭无尘杂，虚室有余闲。
久在樊笼里，复得返自然。

6. 答案：A

本题考查的诗词为：

陌上桑

【汉】佚名

日出东南隅，照我秦氏楼。秦氏有好女，自名为罗敷。罗敷喜蚕桑，采桑城南隅。青丝为笼系，桂枝为笼钩。头上倭堕髻，耳中明月珠。缃绮为下裙，紫绮为上襦。行者见罗敷，下担捋髭须；少年见罗敷，脱帽著帩头。耕者忘其犁，锄者忘其锄。来归相怨怒，但坐观罗敷。

使君从南来，五马立踟蹰。使君遣吏往，问是谁家姝？秦氏有好女，自名为罗敷。罗敷年几何？二十尚不足，十五颇有余。使君谢罗敷："宁可共载不？"罗敷前置辞："使君一何愚！使君自有妇，罗敷自有夫。东方千余骑，夫婿居上头。何用识夫婿？白马从骊驹。青丝系马尾，黄金络马头。腰中鹿卢剑，可值千万余。十五府小史，二十朝大夫。三十侍中郎，四十专城居。为人洁白皙，鬣鬣颇有须。盈盈公府步，冉冉府中趋。坐中数千人，皆言夫婿殊。"

解析："秦娥"指的是春秋时期秦国女子弄玉。传说她是秦穆公的女儿，爱吹箫，嫁给了擅长吹箫的萧史，最后双双成仙乘凤飞天了。秦罗敷是汉乐府《陌上桑》的女主人公。

7. 答案：A

本题考查的诗词为：

酬中都小吏携斗酒双鱼于逆旅见赠

【唐】李白

鲁酒若琥珀，汶鱼紫锦鳞。
山东豪吏有俊气，手携此物赠远人。
意气相倾两相顾，斗酒双鱼表情素。
双鳃呀呷鳍鬣张，拨剌银盘欲飞去。
呼儿拂几霜刃挥，红肌花落白雪霏。
为君下著一餐饱，醉著金鞍上马归。

饮马长城窟行

【汉】佚名

青青河畔草，绵绵思远道。

151

远道不可思，宿昔梦见之。

梦见在我旁，忽觉在他乡。

他乡各异县，展转不相见。

枯桑知天风，海水知天寒。

入门各自媚，谁肯相为言！

客从远方来，遗我双鲤鱼。

呼儿烹鲤鱼，中有尺素书。

长跪读素书，书中竟何如？

上言加餐食，下有长相忆。

秋兴八首·其一

【唐】杜甫

玉露凋伤枫树林，巫山巫峡气萧森。

江间波浪兼天涌，塞上风云接地阴。

丛菊两开他日泪，孤舟一系故园心。

寒衣处处催刀尺，白帝城高急暮砧。

解析：A句是指唤儿擦净几案挥刀割肉，红的如同花落，白的好似雪飞。公元746年（天宝五年），李白卧病任城很久，秋天，病稍好，又去游览鲁郡，到达中都。中都一位久仰李白盛名的小官携着酒和鱼到旅馆拜访李白。席中，李白诗兴大发，作此诗以酬谢。B句的意思是有位客人从远方来，送给我装有绢帛书信的鲤鱼形状木盒。

呼唤童仆打开木盒，其中有用素帛写的信。诗人为了造语生动故意将打开书函说成烹鱼。C句的意思是妇人在赶制冬天御寒的衣服，捣制寒衣的砧声不断在白帝城回荡。

8. 答案：众鸟高飞尽

本题考查的诗词为：

独坐敬亭山

【唐】李白

众鸟高飞尽，孤云独去闲。

相看两不厌，只有敬亭山。

干扰项：月出惊山鸟（【唐】王维《鸟鸣涧》）。

你说我猜参考答案：

1. 随风潜入夜，润物细无声。

2. 《江城子》

3. 飞流直下三千尺，疑是银河落九天。

4. 《行路难》

5. 前不见古人，后不见来者。

6. 孟浩然

7. 《茅屋为秋风所破歌》

8. 大漠孤烟直，长河落日圆。

2号选手题

1. 答案：绕床弄青梅

本题考查的诗词为：

长干行二首·其一

【唐】李白

妾发初覆额，折花门前剧。

郎骑竹马来，绕床弄青梅。

同居长干里，两小无嫌猜。

十四为君妇，羞颜未尝开。

低头向暗壁，千唤不一回。

十五始展眉，愿同尘与灰。

常存抱柱信，岂上望夫台。

十六君远行，瞿塘滟滪堆。
五月不可触，猿声天上哀。
门前迟行迹，一一生绿苔。
苔深不能扫，落叶秋风早。
八月蝴蝶黄，双飞西园草。
感此伤妾心，坐愁红颜老。
早晚下三巴，预将书报家。
相迎不道远，直至长风沙。

干扰项：梅子黄时雨（【宋】贺铸《青玉案》）。

2. 答案：天涯何处无芳草

本题考查的诗词为：

蝶恋花·春景

【宋】苏轼

花褪残红青杏小。燕子飞时，绿水人家绕。枝上柳绵吹又少，天涯何处无芳草？

墙里秋千墙外道。墙外行人，墙里佳人笑。笑渐不闻声渐悄，多情却被无情恼。

干扰项：芳草萋萋鹦鹉洲（【唐】崔颢《黄鹤楼》）。

3. 答案：蒌蒿满地芦芽短

本题考查的诗词为：

惠崇春江晚景二首·其一

【宋】苏轼

竹外桃花三两枝，春江水暖鸭先知。
蒌蒿满地芦芽短，正是河豚欲上时。

干扰项："蓬蒿""泸""蓬"。

4. 答案：C

本题考查的诗词为：

赋得古原草送别

【唐】白居易

离离原上草，一岁一枯荣。
野火烧不尽，春风吹又生。
远芳侵古道，晴翠接荒城。
又送王孙去，萋萋满别情。

解析：这两句用的是《楚辞·招隐士》中的典故："王孙游兮不归，芳草生兮萋萋。""萋萋"是指草茂盛的样子。因为下面接的是"满别情"，如果不懂得典故出处，很容易误选A、B选项。A选项的"凄凄"是指凉寒冷的样子，如"风雨凄凄"；也用来形容悲伤，再比如"凄凄不似向前声"。B选项的"戚戚"是指忧伤的样子，如"君子坦荡荡，小人常戚戚"；也可以表示内心有所感动，如"于我心有戚戚焉"。

5. 答案：C

本题考查的诗词为：

观猎

【唐】王维

风劲角弓鸣，将军猎渭城。
草枯鹰眼疾，雪尽马蹄轻。
忽过新丰市，还归细柳营。
回看射雕处，千里暮云平。

塞下曲六首·其二

【唐】卢纶

林暗草惊风，将军夜引弓。
平明寻白羽，没在石棱中。

153

渔家傲

【宋】范仲淹

塞下秋来风景异，衡阳雁去无留意。四面边声连角起。千嶂里，长烟落日孤城闭。

浊酒一杯家万里，燕然未勒归无计。羌管悠悠霜满地。人不寐，将军白发征夫泪。

解析：A句出自王维《观猎》，描写的是观看将军打猎的场景；B句出自卢纶的《塞下曲六首·其二》，诗中的将军指汉代李广；C句出自范仲淹《渔家傲》，这首词是作者镇守西北边疆时所作，反映了边疆的辛苦生活和作者守边御敌的英雄气概。

6.答案：B

本题考查的诗词为：

村居

【清】高鼎

草长莺飞二月天，拂堤杨柳醉春烟。
儿童散学归来早，忙趁东风放纸鸢。

竹枝词二首·其一

【唐】刘禹锡

杨柳青青江水平，闻郎江上唱歌声。
东边日出西边雨，道是无晴却有晴。

雨霖铃

【宋】柳永

寒蝉凄切，对长亭晚，骤雨初歇。都门帐饮无绪，留恋处，兰舟催发。执手相看泪眼，竟无语凝噎。念去去，千里烟波，暮霭沉沉楚天阔。

多情自古伤离别，更那堪，冷落清秋节！今宵酒醒何处？杨柳岸，晓风残月。此去经年，应是良辰好景虚设。便纵有千种风情，更与何人说？

7.答案：随风潜入夜

本题考查的诗词为：

春夜喜雨

【唐】杜甫

好雨知时节，当春乃发生。
随风潜入夜，润物细无声。
野径云俱黑，江船火独明。
晓看红湿处，花重锦官城。

干扰项：夜来风雨声（【唐】孟浩然《春晓》）、润物细无声（【唐】杜甫《春夜喜雨》）。

8.答案：露从今夜白

本题考查的诗词为：

月夜忆舍弟

【唐】杜甫

戍鼓断人行，秋边一雁声。
露从今夜白，月是故乡明。
有弟皆分散，无家问死生。
寄书长不达，况乃未休兵。

干扰项：今夕是何年（【宋】苏轼《水调歌头》）。

3号选手题

1. 答案：射人先射马

本题考查的诗词为：

前出塞九首·其六

【唐】杜甫

挽弓当挽强，用箭当用长。
射人先射马，擒贼先擒王。
杀人亦有限，列国自有疆。
苟能制侵陵，岂在多杀伤？

干扰项：擒贼先擒王（【唐】杜甫《前出塞九首·其六》）。

2. 答案：八百里分麾下炙

本题考查的诗词为：

破阵子·为陈同甫赋壮词以寄之

【宋】辛弃疾

醉里挑灯看剑，梦回吹角连营。八百里分麾下炙，五十弦翻塞外声。沙场秋点兵。
马作的卢飞快，弓如霹雳弦惊。了却君王天下事，赢得生前身后名。可怜白发生！

干扰项：八千里路云和月（【宋】岳飞《满江红·写怀》）。

3. 答案：苟利国家生死以

本题考查的诗词为：

赴戍登程口占示家人二首·其二

【清】林则徐

力微任重久神疲，再竭衰庸定不支。
苟利国家生死以，岂因祸福避趋之？
谪居正是君恩厚，养拙刚于戍卒宜。
戏与山妻谈故事，试吟断送老头皮。

4. 答案：B

本题考查的诗词为：

清平乐·六盘山

【现代】毛泽东

天高云淡，望断南飞雁。不到长城非好汉，屈指行程二万。
六盘山上高峰，红旗漫卷西风。今日长缨在手，何时缚住苍龙？

5. 答案：C

本题考查的诗词为：

己亥岁二首·其一

【唐】曹松

泽国江山入战图，生民何计乐樵苏。
凭君莫话封侯事，一将功成万骨枯。

闺怨

【唐】王昌龄

闺中少妇不知愁，春日凝妆上翠楼。
忽见陌头杨柳色，悔教夫婿觅封侯。

诉衷情

【宋】陆游

当年万里觅封侯，匹马戍梁州。关河梦断何处，尘暗旧貂裘。
胡未灭，鬓先秋，泪空流。此生谁料，心在天山，身老沧洲。

解析：A句和B句都是对封侯的否定，可排除。

6. 答案：A

本题考查的诗词为：

水调歌头

【宋】苏轼

明月几时有？把酒问青天。不知天上宫阙，今夕是何年。我欲乘风归去，又恐琼楼玉宇，高处不胜寒。起舞弄清影，何似在人间。

转朱阁，低绮户，照无眠。不应有恨，何事长向别时圆？人有悲欢离合，月有阴晴圆缺，此事古难全。但愿人长久，千里共婵娟。

迢迢牵牛星

【汉】佚名

迢迢牵牛星，皎皎河汉女。
纤纤擢素手，札札弄机杼。
终日不成章，泣涕零如雨。
河汉清且浅，相去复几许？
盈盈一水间，脉脉不得语。

古风五十九首·其十七

【唐】李白

西上莲花山，迢迢见明星。
素手把芙蓉，虚步蹑太清。
霓裳曳广带，飘拂升天行。
邀我登云台，高揖卫叔卿。

恍恍与之去，驾鸿凌紫冥。
俯视洛阳川，茫茫走胡兵。
流血涂野草，豺狼尽冠缨。

7. 答案：窗含西岭千秋雪

本题考查的诗词为：

绝句四首·其三

【唐】杜甫

两个黄鹂鸣翠柳，一行白鹭上青天。
窗含西岭千秋雪，门泊东吴万里船。

干扰项：横看成岭侧成峰（【宋】苏轼《题西林壁》）。

8. 答案：路人借问遥招手

本题考查的诗词为：

小儿垂钓

【唐】胡令能

蓬头稚子学垂纶，侧坐莓苔草映身。
路人借问遥招手，怕得鱼惊不应人。

干扰项：路上行人欲断魂（【唐】杜牧《清明》）。

4号选手题

1. 答案：山色有无中

本题考查的诗词为：

汉江临眺

【唐】王维

楚塞三湘接，荆门九派通。
江流天地外，山色有无中。

郡邑浮前浦，波澜动远空。
襄阳好风日，留醉与山翁。

干扰项：只在此山中（【唐】贾岛《寻隐者不遇》）。

2. 答案：过尽千帆皆不是

本题考查的诗词为：

梦江南

【唐】温庭筠

梳洗罢，独倚望江楼。过尽千帆皆不是，斜晖脉脉水悠悠，肠断白蘋洲。

干扰项：沉舟侧畔千帆过（【唐】刘禹锡《酬乐天扬州初逢席上见赠》）、星河欲渡千帆舞（【宋】李清照《渔家傲》）。

3. 答案：无边落木萧萧下

本题考查的诗词为：

登高

【唐】杜甫

风急天高猿啸哀，渚清沙白鸟飞回。
无边落木萧萧下，不尽长江滚滚来。
万里悲秋常作客，百年多病独登台。
艰难苦恨繁霜鬓，潦倒新停浊酒杯。

干扰项："潇"。

4. 答案：B

本题考查的诗词为：

春日忆李白

【唐】杜甫

白也诗无敌，飘然思不群。
清新庾开府，俊逸鲍参军。
渭北春天树，江东日暮云。
何时一尊酒，重与细论文？

拓展：天宝五年（746年）或天宝六年春，杜甫居长安，作此诗怀念远在江东游历

的李白。中国诗坛的这对双子星，在天宝三年相遇于洛阳，从此结下了深厚的友谊。之后他们一起到过宋州，又一起到过大梁城。分别后李白赶往江东，杜甫奔赴长安。到达长安后，杜甫写了好几首怀念李白的诗，这首便是其中之一。

渭北，指杜甫所在的长安一带；江东，指李白当时正在漫游的江浙一带。有一种说法认为"春天树"和"日暮云"并非眼前平实的景象，而是分别指代李白和杜甫本人，天各一方，极目眺望，互相思念。

5. 答案：C

本题考查的诗词为：

晚登三山还望京邑

【南北朝】谢朓

灞涘望长安，河阳视京县。白日丽飞甍，参差皆可见。余霞散成绮，澄江静如练。喧鸟覆春洲，杂英满芳甸。去矣方滞淫，怀哉罢欢宴。佳期怅何许，泪下如流霰。有情知望乡，谁能鬒不变？

汉江临眺

【唐】王维

楚塞三湘接，荆门九派通。江流天地外，山色有无中。郡邑浮前浦，波澜动远空。襄阳好风日，留醉与山翁。

白帝

【唐】杜甫

白帝城中云出门，白帝城下雨翻盆。
高江急峡雷霆斗，古木苍藤日月昏。
戎马不如归马逸，千家今有百家存。
哀哀寡妇诛求尽，恸哭秋原何处村？

解析：A 句出自谢朓《晚登三山还望京邑》，三山是山名，在今南京市西南。B 句出自王维《汉江临眺》，此诗是诗人在襄阳城欣赏汉江景色时所作。

6. 答案：A

本题考查的诗词为：

蜀道难（节选）

【唐】李白

尔来四万八千岁，不与秦塞通人烟。

西当太白有鸟道，可以横绝峨眉巅。

地崩山摧壮士死，然后天梯石栈相钩连。

上有六龙回日之高标，下有冲波逆折之回川。

横江词六首·其一

【唐】李白

人言横江好，侬道横江恶。

一风三日吹倒山，白浪高于瓦官阁。

燕歌行（节选）

【唐】高适

铁衣远戍辛勤久，玉箸应啼别离后。

少妇城南欲断肠，征人蓟北空回首。

边庭飘飖那可度，绝域苍茫更何有？

杀气三时作阵云，寒声一夜传刁斗。

相看白刃血纷纷，死节从来岂顾勋？

解析：A 句说的是蜀道艰难。B 句出自李白《横江词》，说的是长江。C 句说的是燕山。

7. 答案：但使龙城飞将在

本题考查的诗词为：

出塞二首·其一

【唐】王昌龄

秦时明月汉时关，万里长征人未还。

但使龙城飞将在，不教胡马度阴山。

干扰项：渚清沙白鸟飞回（【唐】杜甫《登高》）。

8. 答案：B

本题考查的诗词为：

杂诗十二首·其一

【晋】陶渊明

人生无根蒂，飘如陌上尘。

分散逐风转，此已非常身。

落地为兄弟，何必骨肉亲！

得欢当作乐，斗酒聚比邻。

盛年不重来，一日难再晨。

及时当勉励，岁月不待人。

又呈吴郎

【唐】杜甫

堂前扑枣任西邻，无食无儿一妇人。

不为困穷宁有此，只缘恐惧转须亲。

即防远客虽多事，便插疏篱却甚真。

已诉征求贫到骨，正思戎马泪沾巾。

客至

【唐】杜甫

舍南舍北皆春水，但见群鸥日日来。

花径不曾缘客扫，蓬门今始为君开。

盘飧市远无兼味，樽酒家贫只旧醅。

肯与邻翁相对饮？隔篱呼取尽馀杯。

攻擂资格争夺赛

VS

扫一扫
看选手精彩答题

靳舒馨： 来自山东枣庄，是一名北斗卫星导航系统的设计师，在"个人追逐赛"环节，以185分的总得分获得冠军，进入"攻擂资格争夺赛"。

陆浩骞： 来自上海市，是一名八年级的学生，"个人追逐赛"环节中，陆浩骞在百人团中答对题数最多，耗时最短，进入第二个环节"攻擂资格争夺赛"。

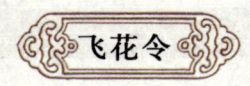
飞花令

白

靳舒馨	陆浩骞
朝辞白帝彩云间，千里江陵一日还。	君不见高堂明镜悲白发，朝如青丝暮成雪。
莫等闲，白了少年头，空悲切。	白头搔更短，浑欲不胜簪。
露从今夜白，月是故乡明。	北风卷地白草折，胡天八月即飞雪。
白毛浮绿水，红掌拨清波。	黄鹤一去不复返，白云千载空悠悠。
谁道人生无再少，门前流水尚能西，休将白发唱黄鸡。	白日放歌须纵酒，青春作伴好还乡。
白日依山尽，黄河入海流。	最爱湖东行不足，绿杨阴里白沙堤。
小时不识月，呼作白玉盘。	西当太白有鸟道，可以横绝峨眉巅。
西塞山前白鹭飞，桃花流水鳜鱼肥。	✕

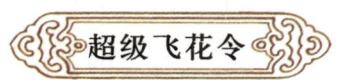 

请说出含有"春"字和"风"字的诗句。

靳舒馨

❀春风又绿江南岸，明月何时照我还。

❀不知细叶谁裁出，二月春风似剪刀。

❀野火烧不尽，春风吹又生。

❀春风得意马蹄疾，一日看尽长安花。

❀画图省识春风面，环佩空归夜月魂。

❀纵被春风吹作雪，绝胜南陌碾成尘。

❀忽如一夜春风来，千树万树梨花开。

❀东风不与周郎便，铜雀春深锁二乔。

陆浩骞

❀爆竹声中一岁除，春风送暖入屠苏。

❀风雨送春归，飞雪迎春到。

❀料峭春风吹酒醒，微冷，
　山头斜照却相迎。

❀桃李春风一杯酒，江湖夜雨十年灯。

❀春风十里扬州路，卷上珠帘总不如。

❀可怜日暮嫣香落，嫁与春风不用媒。

❀过春风十里，尽荠麦青青。

❀×

擂主争霸赛

VS

靳舒馨：在"个人追逐赛"中连续战胜三位
选手，并在"攻擂资格争夺赛"中获胜，进
入"擂主争霸赛"。

邓雅文：在第四季中连续四场获得擂主，本
场同样以擂主身份在"擂主争霸赛"中迎
战攻擂者靳舒馨。

1. 图片线索题，根据以下图画呈现的内容说出一联五言唐诗。

酒

2. 图片线索题，根据以下图画呈现的内容说出一联五言唐诗。

松

3. 图片线索题，根据以下图画呈现的内容说出一联七言唐诗。

雁

4. 描述线索题，请根据以下线索，说出一个词牌名。（　　　　）

(1) 词牌名包含一种鸟。

(2) 这种鸟据说可以飞到仙界。

(3) 词牌名与牛郎织女的传说有关。

(4) 这个词牌有名句"两情若是久长时，又岂在朝朝暮暮"。

5. 描述线索题，请根据以下线索说出一个诗题。（　　　　）

(1) 它也是一首古曲名。

(2) 相传由亡国之君陈后主始创。

(3) 这个诗题现存最早的作品，是隋炀帝所作。

(4) 张若虚曾用此题写出千古名作。

6. 描述线索题，请根据以下线索说出一联诗。

(1) 这联诗和边塞有关。

(2) 诗句中描写了高山。

(3) 诗句还描写了黄河的壮美。

(4) 作者还写过白日依山尽。

7. 描述线索题，请根据以下线索说出一种植物。（　　　　）

(1) 白居易用它形容美女。

(2) 李白用它比喻诗歌的风格。

(3) 周敦颐将它比喻成高洁之士。

(4) 李清照称它为"红藕"。

8. 描述线索题，请根据以下线索说出一个人名。（　　　　）

(1) 他和父亲都是文学家。

(2) 他词风衰婉，深情动人。

(3) 他父亲有名句"无可奈何花落去，似曾相识燕归来"。

(4) 他有名句"当时明月在，曾照彩云归"。

9. 描述线索题，请根据以下线索说出一种动物。（　　　　）

(1) 古人曾用它来送信。

(2) 杜牧描写它"金河秋半虏弦开，云外惊飞四散哀"。

(3) 传说它不会飞过衡阳。

(4) 元好问咏叹它"渺万里层云，千山暮雪，只影向谁去？"

擂主争霸赛答案

1. 花间一壶酒，独酌无相亲。
2. 松下问童子，言师采药去。
3. 长风万里送秋雁，对此可以酣高楼。
4. 《鹊桥仙》
5. 《春江花月夜》
6. 黄河远上白云间，
   一片孤城万仞山。
7. 荷／莲
8. 晏几道
9. 雁

自 我 评 价

个人追逐赛		攻擂资格争夺赛		擂主争霸赛	
	1		飞花令		答对
	2				
	3		超级飞花令		道题
	4				

一语天然万古新·嘉宾点评

节妇吟

【唐】张籍

君知妾有夫，赠妾双明珠。

感君缠绵意，系在红罗襦。

妾家高楼连苑起，良人持戟明光里。

知君用心如日月，事夫誓拟同生死。

还君明珠双泪垂，恨不相逢未嫁时。

高超的婉拒之法

"还君明珠双泪垂，恨不相逢未嫁时"，唐朝人写诗真的是很高妙，一语双关，当时山东的藩镇叫作李师道，李师道很想拉拢张籍为自己所用，张籍既不愿意投靠藩镇，也不愿意得罪他，为难之下写了这样的一首诗。没有这首诗，这种婉拒可能很难成功，所以这首诗他写得很妙，李师道看了之后可以说是毫无办法，也无可奈何。这首诗写得很委婉又很优美，张籍把自己比喻成了一个非常坚贞、忠于爱情的主妇，而且还表达出虽然我对你有很深的感情，但是我已经有了夫婿的一种想法。可见诗歌在唐代社会，在唐朝人的生活当中扮演着多种角色，提供了多种功能，能够帮助你解决很多难言的状况，能够帮助你解开很多人生的疑难。现在不知道有一种什么样的文体能够帮助我们完成这样的工作，但在唐代，唐诗有这样的功能。

（康震）

感遇十二首·其一

【唐】张九龄

兰叶春葳蕤，桂华秋皎洁。

欣欣此生意，自尔为佳节。

谁知林栖者，闻风坐相悦。

草木有本心，何求美人折！

芬芳是花草的本心

我觉得这首诗写得真是特别有意思，"草木有本心，何求美人折"，草木是指什么呀？指兰花和桂花，"兰叶春葳蕤，桂华秋皎洁。

欣欣此生意，自尔为佳节"。兰花和桂花绽放着、芬芳着，其实就是因为绽放的时候到了，没有别的意思。可是"谁知林栖者，闻风坐相悦"，居然有一个林栖者看到它们了，而且想要跟它们亲近，按道理讲这应该引起一种知己之感。我是一个处士，我在这儿默默地芬芳着，居然有人注意到我了，我应该有一种很感激的心情才对，可是你看这诗没有落在这种感激之情上，它落在了"草木有本心，何求美人折"上。兰花也好，桂花也好，它们体现的是中国花的一种精神——不以无人而不芳。那反过来说，有人了，它芬芳不芬芳？有人也芬芳，没人也芬芳，因为芬芳是它的本心，这才是中国花草应有的气派。

（蒙曼）

张九龄本来是一个在朝廷里面很牛的人，他是宰相，而且是盛世宰相。

枇杷山鸟图　绢本
【宋】林椿

你想，能在开元时期给唐玄宗做宰相的人，那是非常厉害的。他本人就是大文人，是文坛宗主，又是政坛上的宗主。可是双料宗主这么厉害，怎么会写这样一句"何求美人折"，在这儿孤芳自赏呢？这是因为他写这诗的时候已经不是宰相了。唐玄宗开元二十四年，张九龄被罢相，一般史学界认为，开元盛世走下坡路就是从这位负有盛名的宰相被罢开始的。张九龄被罢相后，上去的是谁呢，是口蜜腹剑的李林甫。所以随着张九龄离开政坛，一批追随他的贤臣和有理想的文人，包括像李白、王维这些人也都对政坛失去了兴趣。

张九龄写这首诗，实际上是表白他的心迹。应该说像他这样的人就是盛唐的一种象征，所以有时候一个时代的杰出人物、领袖级的人物，就是那个时代繁华的象征，他们如果离开了，那个时代可能就会黯然很多。无论是在唐代，在宋代，还是在其他任何一个时代，这个特点都非常明显。张九龄就是这样一个具有标志性和时代性的人物。（康震）

扫一扫
听专家现场讲解

酬中都小吏携斗酒双鱼 于逆旅见赠

【唐】李白

鲁酒若琥珀，汶鱼紫锦鳞。

山东豪吏有俊气，手携此物赠远人。
意气相倾两相顾，斗酒双鱼表情素。
双鳃呀呷鳍鬣张，跋剌银盘欲飞去。
呼儿拂几霜刃挥，红肌花落白雪霏。
为君下箸一餐饱，醉著金鞍上马归。

四海之内皆兄弟

在唐玄宗天宝五载的时候，李白在山东游历时不小心生病了，当地有一个小官员就提着酒，拿着两条鱼去看他。"呼儿拂几霜刃挥"写的就是这人正在挥刀剁鱼片，"红肌花落白雪霏"把切鱼片的过程写得有红有白，好像有"纷纷花且落"的感觉。

李白是一个非常幸运的人，我感觉他真是朋友遍天下，他有很多写朋友的诗，要么是跟朋友在喝酒，要么是跟朋友在吃饭。而且这些朋友有的是高官，有的就像今天这首诗里一样，是中都小吏，一个很普通的小官员，拎着酒到他的跟前，跟他喝上一杯，吃上一顿饭。李白呢？"为君下箸一餐饱，醉著金鞍上马归"，为了你这份义气，我喝醉了，然后我骑上马摇摇晃晃地走了。在李白的笔下什么样的人都有，只要别人对他非常好，他就把你写进诗里边，让你流传千古，这也说明在大唐时代，真有可能四海之内皆兄弟。（康震）

扫一扫
听专家现场讲解

惠崇春江晚景二首·其一

【宋】苏轼

竹外桃花三两枝，春江水暖鸭先知。
蒌蒿满地芦芽短，正是河豚欲上时。

嗜河豚如命的苏轼

据说苏轼嗜河豚如命，说有一家人知道他喜欢吃河豚，这家又刚好有一厨子擅长做河豚，就把苏轼请到家里去，给他就做了一盆河豚，然后一家老小躲在屏风后边偷听咱们这位老饕是怎么吃河豚的。苏轼就开始吃，也没声，一个人吃得很投入。按理说吃上一会儿，就应该间或停下，颇有赞叹之声，但苏轼没有发出一点声

扫一扫
听专家现场讲解

沙渚凫雏图册页　绢本
【宋】崔白

音。正在这家人都很纳闷儿而且感到失望的时候，突然听到苏轼把筷子一放："死了也值了，这真的是太好吃了。"因为河豚这东西呀，一旦拾掇不干净，吃了有性命之虞，可见苏轼嗜河豚如命这事应该还是有来由的。（康震）

赋得古原草送别

【唐】白居易

离离原上草，一岁一枯荣。
野火烧不尽，春风吹又生。
远芳侵古道，晴翠接荒城。
又送王孙去，萋萋满别情。

草与萋

"萋萋满别情"的"萋"是什么意思呢？是芳草茂盛的意思。它的出处是《楚辞·招隐士》"王孙游兮不归，春草生兮萋萋"。"晴川历历汉阳树，芳草萋萋鹦鹉洲"，就是讲草木茂盛，引起了人的思归之感。（蒙曼）

扫一扫
听专家现场讲解

清平乐·六盘山

【现代】毛泽东

天高云淡，望断南飞雁。不到长城非好汉，屈指行程二万。
六盘山上高峰，红旗漫卷西风。今日长缨在手，何时缚住苍龙？

终军请缨

这首词里用了"终军请缨"的典故。终军是西汉人，西汉当时被南越王赵佗的后代割据。终军就说：给我一根长缨，我把南越王给绑到阙下来。事实上他做没做到呢？其实他没做到，到了南越国，他去游说南越王，南越王也相信并答应他入朝了，但是南越又发生了一场内乱，终军还因为这场内乱而死了。终军去世的时候也就二十出头，所以古代对终军还有一个说法，叫"终童"，童年的"童"，以后看见终童其实也是指终军。（蒙曼）

登高

【唐】杜甫

风急天高猿啸哀，渚清沙白鸟飞回。
无边落木萧萧下，不尽长江滚滚来。
万里悲秋常作客，百年多病独登台。
艰难苦恨繁霜鬓，潦倒新停浊酒杯。

时运虽倒，人生不倒

这是杜甫晚年写的诗，杜甫是诗圣，他写的是诗史。杜甫在夔州，也就是奉节写出了这首诗，我觉得当时他心里应该很清楚自己回不了老家了。一想到无法回归故园，自己的年纪也大了，与理想、与朝廷愈行愈远，身体又多病，在这样一种非常残破的光景里边，在这样一种非常末路的心境当中，

他还能写出有诗意的诗来吗？他的诗意还能浑然天成吗？这是很大的挑战，因为一个人内心寥落了，他就没有诗意和诗境了，他怎么写诗呢？这就是杜甫和李白最伟大的地方，李白穷途末路了，还"两岸猿声啼不住，轻舟已过万重山"。杜甫到末路了，他还是"无边落木萧萧下，不尽长江滚滚  来"，气韵壮大。为什么这两个人能这样啊？都是因为当年盛唐给他们的一口气还在心里撑着，这就叫时运虽倒，人生不倒啊！盛唐之气带给了他们一辈子的"壮气"啊，所以他们到了晚年依然能写壮诗，虽然有点悲，但是悲不压壮，以壮为主调。后人说这首诗是"古今第一七律"，固然是说它声律声情并茂，但更重要还是赞叹他内心里边的这股壮气所在。（康震）

春日忆李白

【唐】杜甫

白也诗无敌，飘然思不群。
清新庾开府，俊逸鲍参军。
渭北春天树，江东日暮云。
何时一尊酒，重与细论文？

诗人之间的人情味

我就觉得李白和杜甫各给中国贡献了一个最美的成语，李白贡献的是"青梅竹马"，杜甫贡献的是"春树暮云"，就怎么想都觉得美。一说"青梅竹马"，我就会觉得有一种春天的感觉涌上心头。"春树暮云"也是一样，别看这里头有一个"暮"字，但还是让人觉得那么清新，那么美好。当时杜甫是在渭北的，李白看不见杜甫，但杜甫觉得李白一定在回望渭北，一定

雪景山水轴　绢本
【明】戴进

窠石平远图卷（局部） 绢本
【宋】郭熙

会看到渭北那一片郁郁葱葱的春树。那好，于是杜甫也看到李白，也看到李白所在的江东，也看到江东傍晚的薄云。这首诗这么一表达，既清新俊逸，又充满了人情味。（蒙曼）

我觉得在唐朝，杜甫应该说是最了解李白的人，刚才蒙老师说得非常对，杜甫和李白有着深厚的友情，这从杜甫描写李白的诗中就能看得出来："李白一斗诗百篇，长安市上酒家眠。天子呼来不上船，自称臣是酒中仙。"很多人都以为这首诗是李白自己写自己的，其实这是杜甫写李白的，所以杜甫对李白真是一往情深。我觉得这也是文学史上非常让我们感慨的一个现象，就是一个伟大的诗人，是另外一个跟他一样伟大的诗人的铁粉，这非常有意思。（康震）

又呈吴郎

【唐】杜甫

堂前扑枣任西邻，无食无儿一妇人。
不为困穷宁有此，只缘恐惧转须亲。
即防远客虽多事，便插疏篱却甚真。
已诉征求贫到骨，正思戎马泪沾巾。

民胞物与

这诗表达了杜甫对老百姓的深切同情，这也是杜甫在夔州写的。这首诗叫《又呈吴郎》，吴郎是杜甫的一个远房亲戚，杜甫把这间草堂给吴郎住，然后就跟吴郎交代一件事儿，交代什么事儿呢？就是"堂前扑枣任西邻，无食无儿一妇人"，我这儿有一个整天来打枣的妇女，你可千万别碍她的事，别不让她打，为什么呢？因为她是"无食无儿一妇人"，然后就讲"不为困穷宁有此，只缘恐惧转须亲"，这个妇人为什么打我们的枣，不是说她天生就是一个做贼的人，是因为她太穷了，她如果不是这么穷，怎么可能落到这种地步呢？这么贫困的人你要是稍微对她不好一点，她会非常恐惧，所以应该对她更亲切一些，因为别人的处境不如你我。这首诗就展现了杜甫身上那种伟大的人民性。（蒙曼）

杜甫这首诗有个特点，他先从细节写起，写着写着他就写到大事上，写到国事上，他说："已诉征求贫到骨，正思戎马泪沾巾"，正是战乱时节呀，国难当头啊，老百姓过得苦，每个人对每个人都好一点吧！这叫什么呢？这叫恻隐之心。其实杜甫也很穷，他虽然穷，但他自己讲自己是"生常免租税，名不隶征伐"，我总比一般老百姓好一点，我好歹是个小官，我能免点租税，我还拿着工资，像你们普通老百姓这些都没有。所以杜甫永远保持着这样一颗设身处地替别人着想的心，这也是"民胞物与"。（康震）

扫一扫
听专家现场讲解

诗词索引

先秦至魏晋南北朝

隋唐五代

宋辽金

元明清及近现代

《中国诗词大会》电视节目主创人员

出　品　人	慎海雄	
总　策　划	张　宁	
总　监　制	阚兆江　田学军	
监　　　制	王新建	
总　导　演	颜　芳　刘　磊	
学术顾问	叶嘉莹　周笃文　钟振振　康　震　李定广	
题库专家	方笑一　李小龙　李南晖　刘青海　辛晓娟	
	李天飞　谢　琰　莫道才　江　英　江舒远	
	田　率	
电视策划	时统宇　靳智伟　胡智锋　俞　虹　冷　凇	
	郑　毅　韩骄子	
执行导演	汪　震　孔媛媛　王　珊　贺　玮　任琳娜	

主办单位	中央广播电视总台
联合主办单位	教育部　国家语言文字工作委员会　共青团中央
网络支持	央视网

中央广播电视总台央视科教频道　录制

看似寻常最奇崛，成如容易却艰辛

——《中国诗词大会》导演组

　　不知不觉间，《中国诗词大会》走到了第四季，春花秋月，寒来暑往。一路走来，我们共同见证了节目从初创时的迷茫艰辛，到火遍全国的收视奇迹。如今，走过四季，月与人依旧，而我们导演组，也感受着诗词带来的改变与成长。在我们眼里，节目不仅是紧张的赛程，热血的竞技，更是诗词对于所有人的陪伴与共享。

　　"看似寻常最奇崛，成如容易却艰辛"——在五年前的创作之初，我们一次次地创意文案、打磨赛制、设计题目、求教专家，在漫长的摸索过程中，不断推翻自己、努力前行。当《中国诗词大会》第一次在春节期间亮相时，我们惊喜地发现，我们用一档电视节目打开了诗词的新功能：陪伴与共享。共享，一个合乎潮流，却无比温暖的词语。当诗词也能共享，那些悠然心会的妙处，那些长夜叹息的感慨，突然得到了聚合，有了释放的窗口，我们得以洞见别人的妙处与叹息：

　　那些百折不挠的千磨万击

　　那些聚散无情的眼底离恨

　　那些忽如远行的飞鸿雪泥

　　在一瞬间，都共享了，诗词让我们心意相通，《中国诗词大会》让我们如老友般久别重逢。当《中国诗词大会》打开了诗词的共享功能，它便如一台身处云端的诗词服务器，与每一位热爱诗词的观众产生链接，又似一缕春风，带我们走进寻常百姓家，看到了普通人的诗意人生。作为节目最大的特色和亮点，每一季的百人团都能给我们带来惊喜与感动。在第四季的舞台，我们看到南航机长马保利在万米高空的工作中，依然要把心中最爱的诗词融入旅途分享给乘客。我们也看到了四世同堂的大家庭一同参加节目，彰显读诗爱诗的家风传承。而陈更的亮相则让我们真正感到老友重逢，从第一季的机灵小丫头，到第四季终获冠军的机智女博士生，观众见证了一个中国九零后女孩的坚韧与成长。他们的故事，让所有人感受到了诗词带来的快乐与满足。

四年过去，我们看到《中国诗词大会》引领的诗词狂潮热度不减，一年一度的诗词盛会在每个春天如约而至，陪伴每个热爱诗词的人。而《中国诗词大会》作为国家一流媒体为全国观众打造的电视节目，能坚持不断创新，持续输出优质内容，背后是整个国家软实力的提升和文化自信带来的力量，更是媒体人的使命感与责任感。

《中国诗词大会》仍在继续，感谢诗词让我们共同成长，感谢央视的平台让我们拥有文化原创的使命，更要感谢这个伟大的时代，让我们的生活充满诗意。

期待在每一个春天与你重逢，重逢时让我们都成为更好的自己。

图书在版编目（CIP）数据

中国诗词大会. 第四季. 上册 / 《中国诗词大会》
栏目组编著. -- 北京：北京联合出版公司，2020.1
　　ISBN 978-7-5596-3653-9

　Ⅰ.①中… Ⅱ.①中… Ⅲ.①古典诗歌—诗歌欣赏—
中国②词（文学）—诗歌欣赏—中国—古代 Ⅳ.
①I207.2

　中国版本图书馆CIP数据核字(2019)第186149号

中国诗词大会第四季 （上册）
ZHONGGUO SHICI DAHUI DISIJI　　SHANGCE
《中国诗词大会》栏目组 编著

策划统筹： 王文洪

特约编辑： 张雅妮

责任编辑： 牛炜征

书籍装帧： 网智时代

出　　版： 北京联合出版公司出版
　　　　　　（北京市西城区德外大街 83 号楼 9 层 100088）

发　　行： 北京联合天畅发行公司发行

经　　售： 新华书店经销

印　　刷： 北京美图印务有限公司印刷

规　　格： 710 毫米 ×1000 毫米　1/16

印　　张： 11.75

字　　数： 175 千

版　　次： 2020 年 1 月第 1 版　2020 年 1 月第 1 次印刷

书　　号： 978-7-5596-3653-9

定　　价： 42.00 元